18,90

D1101323

Oneindigheid in een handpalm

GIOCONDA BELLI

Oneindigheid in een handpalm

Uit het Spaans vertaald door
Dick Bloemraad

DE GEUS

De vertaler ontving voor deze vertaling een werkbeurs van
de Stichting Fonds voor de Letteren

Oorspronkelijke titel *El infinito en la palma de la mano*,
verschenen bij Seix Barral
Oorspronkelijke tekst © Gioconda Belli, 2008
Published by agreement with Guillermo Schavelzon & Asoc.,
Literary Agency, Spain
Nederlandse vertaling © Dick Bloemraad en De Geus bv, Breda 2008
Omslagontwerp Mijke Wondergem
Omslagillustratie © *Eve* van Lucien Levy-Dhurmer, privécollectie/
Bridgeman Art Library, Londen
Druk Koninklijke Wöhrmann bv, Zutphen
ISBN 978 90 445 1330 1
NUR 302

*Dit boek is opgedragen aan de anonieme slachtoffers
van de oorlog in Irak.*

*Op een plek in dat land, tussen de Tigris en de Eufraat,
lag ooit een Paradijs.*

En Babel zal tot steenhopen worden,
een verblijf van jakhalzen,
een voorwerp van ontzetting
en een aanfluiting zonder inwoner.

En het eind van al ons zoeken zal de plek zijn
waar wij zijn begonnen
om die voor het eerst te zien.

T.S. ELIOT

Om de wereld in een zandkorrel te zien
en de hemel in een wilde bloem,
vat de oneindigheid in de palm van je hand
en de eeuwigheid in een uur.

W. BLAKE

Aantekening van de schrijfster

Deze roman vindt zijn oorsprong in de verbazing over de ontdekking van het onbekende in een geschiedenis die ik, omdat hij zo oud is, meende al mijn hele leven te kennen.

Hoewel ik altijd gefascineerd was door het bijbelverhaal over het begin van de wereld en zijn allereerste bewoners, was het idee om het drama van Adam en Eva in het Aardse Paradijs te reconstrueren het resultaat van een toevallige gebeurtenis.

Tot een lang wachten gedwongen in de bibliotheek van een familielid – een kleine kamer met boekenkasten tegen de vier muren en bestofte dozen met boeken opgestapeld op de grond – liet ik mijn ogen langs de boeken op de planken dwalen. Ik wist dat het oude boeken waren, die de eigenaar niet langgeleden uit een kelder had gehaald, waar zij vele jaren bewaard waren. Een reeks bruingekafte, door de tand des tijds aangetaste banden trok mijn aandacht. Op de rug stond in goudkleurige letters de titel: *Heilige boeken en oude literatuur van het Oosten*. Daaronder gespecificeerd: *Babel, Indië, Egypte* ... tot het laatste deel, getiteld: *Grote geheime boeken*.

Ik nam dit geheimzinnige deel uit de kast en sloeg het nieuwsgierig open. Volgens de inleiding betrof het apocriefe teksten, versies van het Oude en het Nieuwe Testament die, ook al waren zij in de oudheid geschreven, net als de officiële versies die de Bijbel vormen zoals wij die nu kennen, om verschillende redenen niet in de kerkelijke canon waren opgenomen. Het was een compilatie, zo stond er, van de grote boeken die waren geweigerd door degenen die de heilige teksten hadden geredigeerd. Daaronder bevonden zich de boeken van Enoch, de Openbaring van Baruk, het Verloren Boek van Noach, De Evangeliën van Nicodemus en de Boeken van Adam en Eva, waaronder: De levens van Adam en Eva, de Openbaring van Mozes en het Slavonische boek van Eva.

In de greep van de opwinding van wie een opwindende ontdekking doet, las ik allereerst de tekst over de levens van Adam en Eva. Het verhaal begon met hun vertrek uit het Paradijs en vertelde de moeilijkheden en verwarring die zij ondervonden, toen hun plotseling alle privileges in een eenzame, onbekende wereld ontnomen waren. De apocriefe tekst riep de geschiedenis zo levendig op, dat ik die middag besloot over Adam en Eva te gaan schrijven.

Het onderzoek van manuscripten en in de vergetelheid geraakte bijbelverhalen nam enkele jaren in beslag. De zoektocht voerde mij van de rollen in de bibliotheek van Nag Hammadi, in 1944 door herders in de grotten van Opper-Egypte gevonden, naar de befaamde en cryptische, in 1947 in Wadi Qumran gevonden Dode Zeerollen tot de Midrasj, gedurende eeuwen door joodse schriftgeleerden geschreven commentaren in hun streven de poëtische, soms duistere, soms tegenstrijdige taal van het Oude Testament te verklaren.

Zo ontdekte ik dat, hoewel Adam en Eva slechts veertig verzen in het boek Genesis beslaan, hun geschiedenis en die van hun kinderen Kaïn en Abel, Luluwa en Aklia in talrijke zeer oude verhalen en interpretaties voorkomen.

Aangemoedigd door het lezen van deze teksten vol onthullingen en gevolgtrekkingen gaf ik mijn verbeelding de vrije teugel om in deze roman de onvermoede verwikkelingen van dit oude drama, het surrealistische landschap van het Paradijs en het leven van dit onschuldige, moedige, ontroerende echtpaar op te roepen.

Zonder gelovig te zijn denk ik dat er een eerste vrouw en een eerste man zijn geweest en dat deze geschiedenis heel wel die van hen kon zijn geweest.

Dit is dus een fictie, gebaseerd op de vele ficties, interpretaties en herinterpretaties die de mensheid sinds onheuglijke tijden rond onze oorsprong heeft geweven.

Het is, in al zijn verwondering en verwarring, de geschiedenis van ieder van ons.

Gioconda Belli

I

Man en vrouw schiep hij hen

Hoofdstuk 1

En hij was.

Opeens. Van niet zijn naar zich bewust zijn te zijn. Hij opende zijn ogen, raakte zichzelf aan en wist dat hij een man was zonder te weten hoe hij het wist. Hij zag de Tuin en voelde zich gezien. Hij keek om zich heen in de verwachting een ander als hij te zien.

Terwijl hij keek kwam de lucht door zijn keel naar binnen en de frisheid van de wind wekte zijn zintuigen. Hij rook. Hij snoof diep. In zijn hoofd voelde hij de opgewonden dwarreling van de beelden die benoemd wilden worden. In zijn binnenste kwamen de woorden, de werkwoorden schoon en helder naar boven en streken neer op alles wat hem omgaf. Hij benoemde en zag dat wat hij benoemde zich herkende. De bries bracht de takken van de bomen in beweging. De vogel zong. De lange bladeren openden hun spitse handen. Waar was hij, vroeg hij zich af. Waarom liet degene wiens blik hem gadesloeg, zich niet zien? Wie was het?

Hij liep zonder haast tot hij de cirkel sloot van de plek waar het hem gegeven was te bestaan. Het groen, de vormen en kleuren van de vegetatie bedekten het landschap en zonken weg in zijn blik, gaven blijdschap in zijn hart. Hij benoemde de stenen, de beken, de rivieren, de bergen, de kloven, de vulkanen. Hij bekeek de kleine dingen om ze niet geringschattend te behandelen: de bij, het mos, de klaver. Soms was hij verbijsterd door de schoonheid, dan stond hij bewegingloos: de vlinder, de leeuw, de giraf en het bestendig kloppen van zijn hart dat hem vergezelde alsof het los van zijn wil of weten bestond, met een ritme naar de bedoeling waarvan hij slechts kon gissen. Met zijn handen ervoer hij de warme adem van het paard, het ijskoude water, de scherpte van het zand, de gladde schubben van de vissen, de zachte vacht van de kat en toen draaide hij zich plotseling om in de hoop de Ander te verrassen, wiens aanwezigheid lichter was dan de wind, ook al leek hij erop. Het gewicht van zijn blik was echter onmiskenbaar. Adam voelde hem op zijn huid, net als het onveranderlijke licht dat de Tuin ononderbroken omhulde en de hemel met een stralende adem verlichtte.

Daarna deed hij alles wat hij verondersteld werd te doen, de man ging op een steen zitten om gelukkig te zijn en alles te aanschouwen. Twee dieren, een hond en een kat, kwamen aan zijn voeten liggen. Hoe hij ook zijn best deed ze te leren spreken, hij bereikte alleen dat ze hem zachtaardig aankeken.

Hij bedacht dat het geluk langdurig en een beetje vermoeiend was. Hij kon het niet aanraken en hij vond geen bezigheid voor zijn handen. De vogels waren erg snel en vlogen hoog. De wolken ook. Om hem heen graasden en dronken de dieren. Hij voedde zich met de witte bloemblaadjes, die uit de lucht neerdwarrelden. Hij had niets nodig en niets scheen hem nodig te hebben. Hij voelde zich alleen.

Hij bracht zijn neus naar de grond en snoof de geur van het gras op. Hij sloot zijn ogen en zag concentrische cirkels van licht achter zijn oogleden. Tegen zijn zij ademde de vochtige aarde in en uit in een nabootsing van zijn ademhaling. Hij werd bevangen door een zachte, zijdeachtige slaperigheid. Hij gaf zich over aan de gewaarwording. Later herinnerde hij zich hoe zijn lichaam zich opende, hoe de opening zijn wezen in tweeën deelde en het intieme schepsel naar buiten haalde dat tot dan zijn binnenste had bewoond. Het lichaam, als vleesgeworden verpopping, handelde zonder dat hij iets anders kon doen dan in het semi-onderbewustzijn wachten op wat zou komen. Als iets hem duidelijk was, dan was het de omvang van zijn onwetendheid, zijn geest vol beelden en stemmen waarvoor hij geen enkele verklaring had. Hij stelde zich niet langer vragen, maar gaf zich over aan de zwaarte van zijn eerste droom.

Hij werd wakker met de herinnering aan zijn onderbewustzijn. Hij vermaakte zich met het herkennen van het vermogen van zijn geheugen, met het spel van vergeten en zich herinneren, tot hij naast zich de vrouw zag. Hij bewoog zich niet, terwijl hij naar haar bedwelming keek, het trage effect van de lucht in haar longen, van het licht in haar ogen, de vloeiende manier waarop zij zich voegde en zich herkende. Hij stelde zich voor wat haar nu overkwam, het langzaam ontwaken uit het niets naar het zijn.

Hij stak haar zijn hand toe en zij reikte hem haar hand, open. Hun handpalmen raakten elkaar. Zij vergeleken hun handen, armen en benen. Zij onderzochten elkaars overeenkomsten en verschillen. Hij nam haar mee op een wandeling door de Tuin. Hij voelde zich nuttig, verantwoordelijk. Hij toonde haar de jaguar, de duizendpoot, de wasbeer, de schildpad. Zij lachten hartelijk, dartelden, keken naar de wolken die voorbijtrokken en van vorm veranderden, zij luisterden naar het monotone lied van de bomen, probeerden woorden uit om het onbenoembare te benoemen. Hij wist dat hij Adam was en zij Eva. Zij wilde alles weten.

'Wat doen wij hier?'
'Ik weet het niet.'
'Wie kan ons uitleggen waar wij vandaan komen?'
'De Ander.'
'Waar is de Ander?'
'Ik weet niet waar hij is. Ik weet alleen dat hij steeds om ons heen is.'

Zij besloot hem te zoeken. Zij had zich ook gadegeslagen ge-voeld, zei zij. Zij zouden naar de hooggelegen plekken moeten gaan. Misschien zouden zij hem daar vinden. Was hij soms een vogel? Misschien, zei hij, haar scherpzinnigheid bewonderend. Langs geurige struiken en bomen met gulle kronen kwamen zij op hun gemak bij de hoogste vulkaan. Zij gingen naar boven en keken vanaf de top naar de groene cirkel van de aan alle kanten door een wittige nevel omgeven Tuin.

'Wat is er verderop?' vroeg zij.

'Wolken.'

'En achter de wolken?'

'Ik weet het niet.'

'Misschien woont wie naar ons kijkt daar. Heb je geprobeerd de Tuin uit te gaan?'

'Nee. Ik weet dat wij niet voorbij het groen mogen gaan.'

'Hoe weet je dat?'

'Ik weet het.'

'Net zoals je de namen wist?'

'Ja.'

Zij kwam al snel tot de conclusie dat de blik die hen zag niet van een vogel was. De enorme vogel Feniks met een rood en blauw verenkleed had boven hun hoofd rondgevlogen, maar zijn blik was zacht, net als die van de andere dieren.

'Zou het die boom zijn', probeerde zij, terwijl zij naar het midden van de Tuin wees. 'Kijk dan, Adam, zijn kroon raakt de wolken, alsof hij met ze speelt. Misschien woont wie ons ziet in zijn schaduw of misschien is wat wij voelen de blik van de bomen. Er zijn er zo veel en ze staan overal. Het kan zijn dat zij net als wij zijn, alleen zonder stem en onbeweeglijk.'

'Wie ons gadeslaat beweegt zich', zei Adam. 'Ik heb zijn voetstappen in het gebladerte gehoord.'

Zij gingen zonder haast naar beneden en vroegen zich af wat zij moesten doen om de Ander te vinden.

Zij begon hem te roepen. Hij verbaasde zich erover dat er zo'n diep gekreun in haar zat, een jammerklacht van de lucht in haar lichaam zonder vleugels. Zij was met gespreide armen bij de rivier gaan staan. Het donkere haar viel over haar rug. Haar verre, perfecte profiel, haar gezicht met de gesloten ogen en de halfopen mond, waaruit die aanroep opwelde, ontroerden Adam.

Hij vroeg zich af of zij hun tijd verdeden door zich de Ander net als zij verscholen in de dichte begroeiing voor te stellen, waar het onmogelijk was de ene boom van de andere te onderscheiden. Maar zowel hij als de vrouw had niet alleen zijn blik gevoeld, maar ook zijn stem, die hun de taal influisterde waarmee zij met elkaar communiceerden. En ook meenden zij zijn loerende schaduw weerspiegeld te hebben gezien in de pupillen van de hond en die van de kat. Zij zeiden dat zij hem misschien pas zouden kunnen zien wanneer hun ogen rijpten en minder nieuw waren. Zij hadden nog steeds moeite onderscheid te maken tussen wat alleen in hen bestond en wat zij om zich heen zagen. Eva had de sterke neiging het een met het ander te vermengen. Zij verzekerde hem dat zij dieren met het hoofd en de borst van een mens had gezien, hagedissen die vlogen, watervrouwen. Sinds zij bij hem was gekomen was zij niet rustig geweest. Het was alsof zij was geboren met een intentie die, zonder dat zij wist welke het was, haar lange, soepele bewegingen stimuleerde en haar naast hem deed fladderen en als een palmboom in de wind deed wiegen. Haar voortdurende onrust was voor hem een nog te ontcijferen mysterie. Toch miste hij de kalme bespiegeling niet waaraan hij zich overgaf voordat zij was verschenen. Hoewel zij hem dwong als een muskushert her en der te draven, was haar horen lachen of praten hem heel wat aangenamer dan de stilte van de eenzaamheid.

Zij hoorden geluiden van natuurgeweld, die uit de uithoeken van de Tuin kwamen. In de verte zagen zij hoe vurige uitbarstingen en duisternis elkaar afwisselden en hoe komeetstaarten het firmament doorkruisten. Maar boven hen bleef de hemel als altijd verlicht met een gulden helderheid, waarvan de kleurschakeringen zonder enige voorspelbare orde sterker werden en afnamen. Onder hun voeten klopte de aarde als een hart. Eva kwam op haar tenen naar hem toe en deed net alsof zij haar evenwicht verloor. Hij keek als betoverd naar haar tenen, die zich strekten en zich weer samentrokken alsof zij van vissen waren gemaakt.

Adam kon zich de boom in het midden van de Tuin niet herinneren. Hij vond het vreemd dat hij het bestaan ervan niet had opgemerkt, terwijl hij meende dat hij de ruimte van het ene eind tot het andere had doorlopen.

'Wie ons ziet vermijdt gezien te worden. Hij zal zich op die manier willen beschermen, maar wij moeten hem vinden, Adam, wij moeten weten waarom hij ons observeert, wat het is dat hij van ons verwacht.'

Adam besloot de loop van een van de rivieren te volgen. Zij gingen het vochtige oerwoud in. Hun neus werd bevolkt door de zware, doordringende geuren van vruchtbare aarde, waarop allerlei varens, zwammen en orchideeën groeiden. Sierlijke, ingewikkelde wielewaalnesten hingen in de hoge takken, mos en korstmos hing als kantwerk boven hun hoofd. Zij zagen luiaards aan hun staart hangen, groepen lawaaierige apen maakten capriolen boven in de bomen. Tapirs en konijnen kruisten hun pad en streken vriendelijk langs hun benen. Hoewel het warme binnenste van het woud hen krioelend van leven ontving, liepen zij in stilte en lieten zij zich door deze sfeer vol geluiden en geuren diep in het hart van het Paradijs doordrenken.

Het dichte oerwoud maakte dat zij in cirkels liepen en steeds weer de richting kwijtraakten, maar zij hielden vol. Ten slotte kwamen zij uit bij het midden van de Tuin. Zij ontdekten dat vanuit dit punt de paden alle kanten op gingen en zich later splitsten en ook dat de twee rivieren naar het oosten en het westen liepen. De boom, waaronder aarde en water zich verbonden, was reusachtig. Omhoog gingen zijn takken verloren in de wolken en naar opzij strekten zij zich verder uit dan het oog reikte. Adam had de opwelling voor zijn grootsheid te knielen. Eva stapte naar voren om naar hem toe te gaan. Instinctief probeerde hij haar tegen te houden, maar zij draaide zich om en keek hem met een medelijdende blik aan.

'Hij kan zich niet bewegen', zei zij tegen hem. 'Hij spreekt niet.'

'Hij heeft zich niet bewogen. Hij heeft niet gesproken', zei hij.

'Maar we weten niet waartoe hij in staat is.'

'Het is een boom.'

'Het is geen gewone boom. Het is de Boom des Levens.'

'Hoe weet je dat?'

'Zodra ik hem zag wist ik wat het was.'

'Hij is erg mooi.'

'Indrukwekkend. En ik denk dat je er niet zo dichtbij moet komen.'

Zoals de boom hem scheen te verlammen, zo kon zij nauwelijks haar verlangen onderdrukken zijn brede, stevige, vriendelijk glanzende stam aan te raken. Zo veel schoonheid die haar ogen overstelpte, waar zij ook keek, zo veel kleuren en vogels en majestueuze wilde dieren had de man haar trots laten zien, maar niets was haar mooier voorgekomen dan de boom. De bladeren vulden haar verbeelding. Aan de voorkant waren ze glanzend groen, in tegenstelling tot de purperen achterkant met duidelijke, brede aderen. Gehecht aan de veelvuldige, zich in alle richtingen uitstrekkende takken namen de bladeren het licht op en ademden het, de omgeving verlichtend, weer uit. Het vel van ronde, witte vruchten glansde, gevangen in het fosforescerende schijnsel dat de boom naar alle hoeken van de Tuin uitstraalde. Naarmate zij dichterbij kwam, voelde Eva de fruitige adem van de grote boom als een onbekende prikkel in haar mond, een stroomversnelling van leven die hij overdroeg aan alles wat hem omgaf. Haar overviel, net als Adam, een gevoel van eerbied en zij twijfelde aan haar eerste impuls zijn schors aan te raken en in de vruchten te bijten. Zij stond vlak bij hem, de oneffen huid van hout binnen het bereik van haar hand, toen haar ogen een tweelingbeeld zagen, als de weerspiegeling in een vijver: een tweede, identieke boom, die zich vreemd, anders voor haar verhief. Al wat helder was bij de eerste was donker bij de tweede;

purper de voorkant van de bladeren, groen de achterkant, de vruchten waren donkere vijgen. Hij was omgeven door dichte lucht en door een ondoorzichtig, dof licht. ✗

Adam, die verscholen naar haar was blijven kijken, volgde haar toen zij om de boomstam heen liep en erachter verdween.

Hij kon de vrouw nog niet zien, toen hij haar hoorde. Hij vroeg zich af met wie zij zou kunnen praten. Tot nu toe waren zij nog geen enkel ander schepsel tegengekomen dat woorden bezat om te zeggen wat het lichaam voelde. De kat, de hond en de andere dieren communiceerden onder elkaar met elementaire melodieën. Haar horen praten intrigeerde hem, maar de boom in identieke vorm met omgekeerde kleuren te zien verbijsterde hem. Zonder geluid te maken volgde hij het gemurmel van haar woorden. Hij zag haar op een enorme wortel zitten, die in de aarde verzonk alsof het een van de benen was van wat hij bedacht dat het spiegelbeeld zou kunnen zijn van wat de Boom des Levens van zichzelf dacht. In plaats van te spreken, zei hij bij zichzelf, kijkt de boom misschien wat hij denkt. Hij stond op het punt de open plek tegenover de brede stam te betreden, toen hij hem hoorde. Hij dacht dat de Ander zich eindelijk had laten zien, maar twijfel beving hem. Het leek niet op de stem zonder lichaam, waarvan hij het gefluister kende, die licht als de lucht de eigenschap had in zijn borst te weerklinken. Deze stem klonk als een vloeistof die over de aarde glijdt en steentjes meesleept. Hij hoorde de lach. Hij lachte als de vrouw. De stem zei:

'Dus jullie hebben in de gaten gekregen dat wij naar jullie kijken? Wat slim! En jullie zijn bezig geweest ons te zoeken? Opmerkelijk! Ik vermoedde al dat het zo zou gaan, maar ik ben blij het nu te kunnen vaststellen. Wij konden het verlangen jullie te bekijken niet weerstaan. Het was erg vermakelijk.'

'Dus je was niet alleen? Jij hebt ook een vriend?'

'Vriend? Ik? Mmmmm. Zo heb ik er nooit over gedacht.'

'Maar buiten jou is er nog iemand?'

'Elokim. Hij was het die jullie heeft geschapen.'
'De man zegt dat ik uit hem ben gekomen.'
'Jij zat in hem verborgen. Elokim bewaarde je in een van zijn ribben; niet in zijn hoofd, zodat je niet de trots zou ontdekken, en ook niet in zijn hart, zodat je niet de drang naar bezit zou kennen.'

Dat zei de stem. Hij bleef luisteren.

'Wat is er buiten deze Tuin? Waarvoor zijn wij hier?'
'Waarom wil je dat weten? Je hebt alles wat je nodig hebt.'
'Waarom zou ik het niet willen weten? Wat maakt het uit dat ik het weet?'
'Alleen Elokim weet het. Als je zou toegeven aan de wens van de vruchten van deze boom te eten, zou jij het ook weten. Je zou het waarom van de dingen begrijpen. Daarom ben ik hier, aan de voet van de Boom der Kennis van Goed en Kwaad, om je ervan te weerhouden, want als je ervan eet, verlies je de onschuld en zul je sterven', lachte het schepsel gemeen.

Eva vroeg zich af waarvan zij gemaakt zou zijn. De huid was anders dan die van hen, iriserend en plooibaar, gemaakt van kleine schubben zoals bij vissen. Zij was lang en de vormen vloeiden rond en slank om over te gaan in lange, flexibele benen en armen. In het gladde, bijna platte gezicht vielen de goudgele, snelle, amandelvormige ogen op en de rechte spleet van de mond met een onveranderlijke uitdrukking van ironische zelfgenoegzaamheid en onbeschaamdheid. In plaats van met haar was de kop met witte veren bedekt.

'Hij ziet liever dat jullie rustig en passief zijn, zoals de kat en de hond. Kennis veroorzaakt onrust, ontevredenheid. Je neemt de dingen niet langer zoals ze zijn en je probeert ze te veranderen. Kijk wat hij zelf heeft gedaan. In zeven dagen heeft hij uit de Chaos alles voortgebracht wat je ziet. Hij bedacht de Aarde en schiep haar: de hemelen, het water, de planten, de dieren. Ten slotte heeft hij jullie gemaakt, de man en de vrouw. Nu rust hij uit. Daarna zal hij zich vervelen. Hij zal niet weten wat hij moet doen en dan zal ik hem weer moeten kalmeren. Zo is het geweest sinds de Eeuwigheid. Gesternte na gesternte. Hij schept ze en dan vergeet hij ze.'

Verborgen achter de boom volgde Adam heel nieuwsgierig de dialoog tussen Eva en het schepsel. Hij voelde een druk in zijn borst en zijn ademhaling ging snel. Hij herinnerde zich de fluistering van de Ander, die hem met die boom voor iets wilde waarschuwen. Niet naar hem toe gaan. Hem niet aanraken. Geen enkele duidelijke uitleg waarom hij niet wilde dat ze dat deden. Tot nu toe was de enige plicht voor hem, die hij gevoeld had, bij de vrouw te blijven, hoewel zij heel goed voor zichzelf zorgde. Hetzelfde gebeurde met de Tuin. De planten groeiden en schikten zich zonder zijn tussenkomst. De toon van het schepsel dat met Eva praatte klonk hem vaag vertrouwd in de oren. Het was de toon waarmee hij zich vragen stelde over de bedoelingen van de Ander. Die leek op de klank van zijn ongeduld, wanneer hij zich inspande zijn bestaansreden te begrijpen.

'Dus jij denkt dat het zo eenvoudig gaat', zei Eva. 'Ik eet de vrucht van deze boom en ik weet alles wat ik wil.'
    'En je sterft.'
    'Ik weet niet wat dat is. Ik geef er niet om.'
    'Je bent te jong om erom te geven.'
    'En jij, hoe komt het dat jij dat allemaal weet?'
    'Ik besta al veel langer dan jij. Ik zei toch dat ik dit alles geschapen heb zien worden en ik begrijp er ook de zin niet van. Elokim haalt ontelbare transformaties uit het niets. Hij hecht er veel belang aan.'
    'Jij niet?'
    'Ik vind het een nutteloze, niet van arrogantie gespeende bezigheid.'

'Denk je dat wij een gril zijn van de man die jij Elokim noemt?'

'Ik weet het niet, echt waar. Soms lijkt het erop. Welke zin zal jullie bestaan hebben? Waarvoor heeft hij jullie geschapen? Uiteindelijk zullen jullie je in deze Tuin vervelen.'

'Adam denkt dat wij de aarde zullen bewerken, planten en dieren zullen verzorgen.'

'Wat moet er verzorgd worden? Wat moet er bewerkt worden? Alles is gedaan. Alles functioneert perfect.' Het schepsel onderdrukte een geeuw. 'Toch hebben jullie, Adam en jij, in tegenstelling tot alle schepsels van het Universum, de vrijheid te beslissen wat jullie willen. Het staat jullie vrij al of niet van deze boom te eten. Elokim weet dat de Geschiedenis pas begint wanneer jullie van die vrijheid gebruikmaken, maar je ziet dat hij bang is dat jullie dat doen, hij vreest dat zijn schepping uiteindelijk te veel op hem zal lijken. Hij zou veel liever voor altijd naar het spiegelbeeld van zijn onschuld kijken. Daarom verbiedt hij jullie van de boom te eten en te besluiten vrij te zijn. Misschien is vrijheid niet voor jullie bestemd. Zie je wel, het idee alleen al verlamt je.'

'Het lijkt of je wilt dat ik in deze vrucht bijt.'

'Nee. Ik benijd je alleen dat je de mogelijkheid hebt om te kiezen. Als jullie van de vrucht eten, zullen jullie vrij zijn als Elokim.'

'Wat zou jij kiezen, kennis of eeuwigheid?'

'Ik ben Slang. Ik heb je al gezegd dat ik die keuze niet heb.'

Eva keek naar de boom. Wat zou er veranderen als zij in de vruchten zou durven bijten? Waarom zou zij de Slang geloven? Toch durfde zij de proef op de som niet te nemen. Zij keek naar haar handen, bewoog haar lange vingers de een na de ander.

'Ik kom terug', zei zij.

Hoofdstuk 2

Nadat zij hadden gezwommen en in de zon waren gaan liggen, trokken beiden zich in zichzelf terug. Wat denkt Adam, vroeg Eva zich af. Wat denkt Eva, vroeg Adam zich af.

Maar geen van hen kon de gedachten van de ander raden. Uitgestrekt op het gras keken zij hoe mieren hun nest bouwden, kleine blaadjes op hun rug droegen en in een ordelijke rij naar het gat in de grond liepen, waar hun schuilplaats wel zou zijn. Om hen heen was alles schitterend groen, hier en daar onderbroken door kleurig uitbottende takken en met bloemen beladen struiken. De twee rivieren die door de Tuin stroomden splitsten zich in vier zijtakken. De rustigste, aan de kant waarvan zij lagen, doorsneed een hoogte. Op de hellingen lagen enorme, grijsgroene, gladde rotsen, die de stroom dwongen te breken, rustiger te worden en te zingen tussen de begroeiing van naaldbomen en het zachte kleed van varens met grote, getande bladeren. Eva snoof de plantaardige geur op en voelde hoe de warme bries haar lichaam droogde, licht en aangenaam langs haar streek. Ook Adam gaf zich over aan de gewaarwording van de wind, aan de rijke geur van de Tuin, aan het lawaaierige rollen van de enorme zwarte beer aan de overkant. Boven zijn hoofd fluisterden de bomen in hun bladertaal. Op een lage tak maakte een kanarie met zijn snavel zijn veren schoon. Af en toe kwam er uit zijn keel een hoge, scherpe melodie, die de essentie van alle omringende geluiden scheen te bevatten.

Wat zou de Slang hebben willen zeggen, toen zij zei dat wat zij Geschiedenis noemde pas zou beginnen wanneer zij van hun vrijheid gebruikmaakten? Waarom zei zij hen te benijden omdat zij de mogelijkheid hadden te kiezen? Waarom zei zij dat zij niet van de Boom der Kennis moesten eten, terwijl zij haar er tegelijkertijd toe aanzette ervan te eten? Wat was haar relatie met de

Ander? Wat was het dat de Ander vreesde hen te laten kennen? Eva slaagde er niet in het raadsel op te lossen. Bovenal begreep zij niet waarom Elokim had besloten haar op deze manier te verontrusten. Waarom haar het bestaan van de boom in het midden van de Tuin onthullen, in haar botten de weg inprenten om hem te vinden? Zonder haar zou Adam niet zo ver gekomen zijn. Hij had die bomen nog nooit gezien, zoals hij haar verzekerde, haar nieuwsgierigheid bewonderend, de intuïtie die haar naar hen toe had gebracht. Zij keek naar Adam, uitgestrekt op het gras met een arm over zijn ogen. Zijn borst ging ritmisch op en neer. Hij was een grote man, lang, recht, zonder reliëf; alleen de verheffingen van zijn spieren leken op de rondingen die bij haar opvielen. Zij vroeg zich af of Elokim hem uit een rotsader zou hebben gesneden, of hij haar kleiner en zachter had gemaakt om de man geen pijn te doen als hij haar uit zijn binnenste zou halen. Zou hij haar hebben gekneed met een of andere vrucht, een heuvel in zijn hoofd? Dat had zij graag willen weten.

Adam bedacht dat hij bijna kon horen wat er in haar omging. Wat moest hij doen om haar bij de boom weg te houden? Gehoorzaamheid lag niet in haar aard. Het beste in haar was dat zij niet in staat was stil te zitten, de levendigheid waarmee zij alles vanaf het eerste begin bekeek en bevroeg.

Het regende. Met de regen vielen de witte bloemblaadjes omlaag, waarmee zij zich voedden. Hij leerde haar een bananenblad te plukken en het open te houden tot het vol blaadjes was. Na de regen kwam de regenboog. Het leek de brug tussen de hemel en de aarde, zei hij, maar hij had er nog nooit iemand overheen zien lopen.

'Waarom heeft het schepsel van de boom, dat zich Slang noemt, Elokim gezien en wij niet?' vroeg Eva.

'Merkwaardig dat zij zichzelf benoemd heeft', zei Adam nadenkend.

'Denk je niet dat zij zelf Elokim is?'

Adam keek haar aan, verbaasd dat zij zoiets kon denken.

'Waarom zou dat niet kunnen? Zij lijkt alles te weten wat de Ander denkt', hield Eva aan.

'Misschien is zij zijn spiegelbeeld.'

'Ze zei dat wij het spiegelbeeld van Elokim zijn.'

'Net als de Boom der Kennis het spiegelbeeld is van de Boom des Levens?'

'Dat denk ik, ja.'

'Maar als wij zijn spiegelbeeld zijn, kan de Slang dat niet zijn. Zij lijkt niet op ons.'

'Zouden wij soms ook ons spiegelbeeld hebben?'

'Ik weet het niet. Je stelt veel vragen die ik niet kan beantwoorden. Ik ga de Ander verder zoeken. Jij blijft hier. Praat niet meer met de Slang. Bedaar. Je bent erg onrustig.'

Zij liep naar de waterkant en haar voeten voerden haar stroomafwaarts. Het water in de rivier was helder en tussen de rotsen glansden de schubben van veelkleurige vissen. Een grote, rode vis zwom doelbewust naar een inham, waar het water er rustig uitzag. Zij volgde hem. Zij klom op de donkere rots die boven de poel uitstak en ging zitten om naar de vis te kijken, die zich gracieus in de diepte bewoog zonder de rust van het water te verstoren. Opeens steeg een geborrel van de bodem omhoog en een uit het niets verschenen oog opende zijn oogleden, keek haar aan en liet haar zo door zijn trillende kristallen duizelingwekkende, fascinerende beelden zien, waarin zij in de vijg beet, en aan dat minuscule voorval ontsproot een reusachtige spiraal van kortstondige, transparante mannen en vrouwen, die zich vermenigvuldigden en zich over prachtige landschappen verspreidden, hun gelaat verlicht door ontelbare uitdrukkingen, hun huid een weerspiegeling van de glans van de vochtige boomstammen tot het bleke bloemblad van de rododendrons. Om hen heen rezen vormen op, naamloze voorwerpen, waartussen zij zich zelfverzekerd en zonder enige haast, onderzoekend en nieuwsgierig, voortbewogen, een verscheidenheid van verschijningen najagend, die zich ook weer vertakten in diepere lagen van onbegrijpelijke symbolen, over de betekenis waarvan zij gevangen in geluiden en vage melodieën delibereerden, maar waarvan de echo in haar binnenste weerklonk alsof zij, hen niet kennend, hen kende. In het snelle wentelen van opeenvolgende tijdkringen zag zij hen verborgen en verward branden en kronkelen, verschrikkelijke vuurzeeën creëren en bedwingen, waaruit zij keer op keer herrezen. Hun gezichten vernieuwden zich onvermoeibaar in de onafgebroken beweging van die drukke, rusteloze zwerm, die zich door onbekende oorden voortbewoog, grimassend, emoties tonend die raasden of in het water dreven dat ze projecteerde en waarin zij, met haar verlangen naar kennis dat haar verteerde, diepe stromingen en verbijsteringen zag die zij graag had willen benoemen. De confrontatie met dat krachtige, hardnekkige tumult, een glimp zien van de onbekende ruimten, het ruisen van haar bloed voelen reageren op een kwetsbare, gemeenschappelijke bestemming brachten bij haar een tederheid teweeg en een dieper verlangen dan wat dan ook tot nu toe in haar had opgewekt. Vreemd genoeg was het laatste beeld dat naar boven kwam toen het water nog niet tot rust was gekomen, zo vredig en helder dat zij niet kon zien of zij het was die zich weer in de Tuin wist of dat het mysterie van het einde van dat alles de mogelijkheid was terug te gaan naar het begin.

De Geschiedenis, zei zij bij zichzelf. Ze had haar gezien. Dat was het wat zou beginnen als zij van de vrucht at. Elokim wilde dat zij besliste of dat alles een bestaan zou krijgen of niet. Hij wilde zich er niet verantwoordelijk voor stellen. Hij wilde dat zij degene zou zijn die de verantwoordelijkheid op zich nam.

Hoofdstuk 3

Zij holde weg op zoek naar Adam. Zij vond hem niet op de wei, waar hij meestal de hond leerde gehoorzaam te zijn en zijn gedachten te raden. Zij vond hem niet in het bos en op de terugweg ook niet aan de oever van de rivier. Vermoeid stond zij stil en ging in het gras zitten. Met weemoed keek zij om zich heen, alsof zij naar een herinnering keek. Zij zag het groen, het water en de blauwe bergen.

Welk verschil was er tussen de beelden die zij in het water had gezien en de andere, die vaak in haar opkwamen wanneer zij in haar eentje in de meer afgelegen delen van de Tuin wandelde zonder dat Adams voetstappen naast haar zich tussen haar en haar verbeelding drongen? Adam noemde de fabeldieren die zij in de dichte begroeiing zag waar het gouden licht nauwelijks doorheen kwam, visioenen: vrouwen van water die speelden met de vlinders met lange haardossen en heel kleine, lachende gezichtjes, vogels met een mensenstem die de wereld bespraken met dieren met een menselijk bovenlijf, reusachtige bladeren waarop hiëroglieven verschenen en verdwenen, enorme schepsels die zich voedden met dichte wolken, die zij uit de lucht plukten, de hagedis die vuur spuwde, terwijl hij een lichaam nazat dat zo lang was dat hij het, terwijl het van hem was, aanviel alsof het een ander toebehoorde.

In tegenstelling tot deze visioenen, die iriserend en vluchtig van aard waren, waren de beelden van de rivier treffend, helder, van een overtuigender realiteit dan die van de Tuin zelf. Bij het zien ervan was het haar, bedacht zij, niet alleen gegeven de allesomvattende blik te delen die uit het binnenste van Elokim kwam, maar ook de overvloed aan leven te delen die hem overspoelde met een onbedwingbare overdaad die, misschien spottend met zijn eigen wil, in schepping veranderde en aan zijn wens ontsproot nog voor hij tijd had zich te bedenken. De lotsbestemming van wezens die, wellicht gedreven door wat de Slang vrijheid noemde, het klaarspeelden door zijn scheppende wil heen te dringen en daarbuiten te leven, moest Elokim wel fascinerend toeschijnen, hoezeer dat beeld hem ook trotseerde. Vandaar dat hij haar ertoe aanzette die wereld te laten bestaan. De nieuwsgierigheid om die wezens zich te zien scheppen en vernietigen was voor hem al even onweerstaanbaar als voor haar.

De man zou denken dat het door de Slang ingegeven visioenen waren om haar aan te sporen ongehoorzaam te zijn aan het gebod niet van de vrucht van de Boom der Kennis van Goed en Kwaad te eten. Hij zou haar niet geloven wanneer ze hem zei dat schepsels zonder tal geen bestaan zouden krijgen tenzij zij de rust van de Tuin zou durven doorbreken. Zelf zouden zij slechts bestaan als de droom van een vernuftige dromer, die vrije schepsels bedacht en ze dan opsloot om als bloemen of vogels te leven. Haar aard weigerde te accepteren dat de bestaansreden van Adam en van haar niet meer was dan zich te wiegen in de aanschouwing van die eeuwigheid, waarin de vreedzaamheid de laatste tijd in een gespannen wachten was veranderd, waarbij de blik van de Ander haar voortdurend belaagde. De Slang vergiste zich als zij dacht dat zij door het eten van de vrucht van de boom net als Elokim zouden zijn. Integendeel. Zij zouden niet meer als hij zijn. Zij zouden uit elkaar gaan. Zij zouden de Geschiedenis maken, waarvoor zij geschapen waren: zij zouden een soort stichten, een planeet bevolken, de grenzen van het bewustzijn en het begrip verkennen. Alleen zij zou, door van de vrijheid gebruik te maken, Elokim de ervaring van Goed en Kwaad kunnen geven, waarnaar hij hunkerde. Hij had hen naar zijn evenbeeld en gelijkenis gemaakt opdat zij de schepping ter hand zouden nemen.

Zij bedacht dat Adam, zonder te hebben gezien wat het haar gegeven was geweest te aanschouwen, noch het spel van de Ander noch haar vastbeslotenheid zou begrijpen. Voor de keuze gesteld zou hij misschien wel voor het onveranderlijke verblijf in de Tuin kiezen. Zij zou het alleen moeten doen, zei zij bij zichzelf. Zij ging in een hoek bij de poel zitten om naar de in haar opborrelende ideeën te luisteren. Twijfel en vastbeslotenheid waren tegengestelde stromingen, die in haar lichaam rezen en daalden. Zij sloot haar ogen en zag de beelden van de rivier. Waarom moest zij het zijn die ontdekte wat er schuilging achter het gebod? Waarom was zij de uitverkorene om de begoocheling van de Tuin te verbreken? Wie ben je, Elokim? Waar ben je? Wanneer toon je ons je gezicht?

Zij stond op en begon naar het midden van de Tuin te lopen, naar de Boom der Kennis van Goed en Kwaad, waar de Slang wel op haar zou wachten.

Hoofdstuk 4

De Slang glimlachte vriendelijk-ironisch, toen zij haar uit het struikgewas tevoorschijn zag komen.

'Je bent erg snel teruggekomen.'

'Zijn er nog meer Tuinen of is deze de enige?'

De Slang lachte.

'Mag ik weten waar een dergelijke vraag vandaan komt?'

'Ik heb in de diepte van de rivier vreemde beelden gezien, die toch echter leken dan jij en ik of dit alles. Ik voelde dat die te laten bestaan van mij afhing.'

'En wat denk je dat je moet doen om dat te bereiken?'

'Ik moet mijn vrijheid gebruiken. Van de vrucht eten.'

'Ben je niet bang?'

'Elokim wil dat ik het doe.'

'Dat is niet wat hij tegen mij heeft gezegd.'

'Ik weet het en ik begrijp het niet.'

'Misschien vreest hij de vrijheid. De bekroning van de schepper is zijn eigen uitdaging te creëren, maar met Elokim weet je het nooit. Je kunt niet zeggen dat ik je niet gewaarschuwd heb. Je zou kunnen sterven. Hoewel ik toegeef dat het absurd zou zijn jullie te vernietigen wanneer hij jullie nog maar net geschapen heeft.'

'Ik zal niet sterven. Dat weet ik. Hij verwacht dat ik eet. Daarom heeft hij mij vrij gemaakt.''

'Je kunt besluiten het niet te doen.'

'Nee. Dat zou te gemakkelijk zijn. Het kan niet meer. Ik heb kennis nodig.'

'Je moet dus weten', lachte de Slang. 'Hij heeft jullie echt naar zijn evenbeeld en gelijkenis gemaakt. Hij is degene die alles weet.'

'En die weten vreest. Maar ik ben niet bang. Ik heb te veel dingen gezien. Waarom zou ik die hebben moeten zien als het niet was om ze te begrijpen en het risico te nemen ze te laten bestaan?'

'Misschien om te accepteren dat je niet alles kunt begrijpen.'

Zij zweeg peinzend. Zij was het veld overgestoken onder de aandachtige blik van de buffel en de olifant, die haar begonnen te volgen. Toen zij bij het midden van de Tuin was aangekomen, aan de voet van de boom, waren er al veel dieren die haar, bang en tegelijkertijd gefascineerd, volgden. Zij keek om zich heen. Zij was er niet eens zeker van dat zij de moed had te doen wat haar bewustzijn haar opdroeg, maar zij had geen keus. De hele Tuin wachtte op haar.

'Ik zal de boom eerst aanraken. We zullen zien of hij echt mijn dood zal veroorzaken.'

'Nou, ik leun tegen hem en mij is niets overkomen. Het is niet erg gemakkelijk om te sterven.'

'Ik heb de dood gezien en dat beviel mij niets. Wat zal ik voelen als ik sterf?'

'Je zult niets voelen. Dat is nu juist het probleem. Je zult nooit meer iets voelen. De dood is van een verschrikkelijke eenvoud', lachte de Slang.

Eva haastte zich. Haar handen zweetten. Het leek of er nauwelijks genoeg lucht was om haar borst te vullen. Zij strekte haar hand uit. Haar rechterhandpalm raakte de ruwe, plantaardige huid van de boom aan. Zij opende haar vingers, hoorde de weergalm van haar lichaam, dat helemaal bonsde en zijn omhulsel wilde verlaten. Zij sloot haar ogen en deed haar oogleden een beetje open. Zij stond nog steeds op dezelfde plek. Zij leefde. Er was niets veranderd. Zij zou niet sterven, dacht zij. Zij zou eten en niet sterven. Daardoor aangemoedigd reikte zij naar de laagste tak en pakte de zacht aanvoelende, donkere vrucht. Zij bracht hem naar haar mond en beet erin. De zoete smaak van de vijg verspreidde zich over haar tong, het zachte vruchtvlees was als honing tussen haar tanden. De kortstondige, schuimige aanraking van de witte bloemblaadjes die uit de lucht vielen was maar iets flauws vergeleken met het sap en het doordringende aroma van de verboden vrucht. Zij voelde hoe de geur zich in haar verspreidde. Het genot van haar papillen ging als een echo door haar lichaam. Zij deed haar ogen halfopen en zag de Slang in dezelfde houding. De dieren. Alles was nog hetzelfde. Gulzig nam zij nog een vrucht. De nectar liep over haar kin. Zij gaf zich over aan de euforie. Blij en uitdagend wierp zij de ene na de andere vrucht naar de dieren, die zich om haar heen verdrongen en het sap uit haar hand dronken. Zij wilde dat zij allen aten, zij wilde de nieuwe smaak met hen delen, het gevoel voor het eerst te doen wat haar lichaam haar vroeg. Niet alleen was zij niet dood, zij voelde zich meer levend dan ooit. Zij keek naar de Feniks, die boven haar hoofd vloog. Zij riep hem en reikte hem de vrucht. De vogel daalde niet. Hij vloog weg met een droef gekras.

Tegen de stam van de boom geleund bekeek de Slang de scène zonder enige verandering in haar gebruikelijke gezichtsuitdrukking, ironisch en onaangedaan, zonder te delen in de vreugderoes die zich van Eva en de dieren meester had gemaakt.

Adam wist het op het moment dat hij in de verte het feestrumoer hoorde. Hij verstijfde. Dan versnelde hij zijn pas. Hij was bang dat hij weer alleen zou zijn, zonder metgezel. Hij was bang dat hij haar bij zijn aankomst verteerd door de woede van Elokim zou aantreffen. Hij begon te rennen. Terwijl hij voortrende, boorde zich een kille leegte in zijn zij. Zonder de vrouw zou hij niet meer dezelfde zijn, dacht hij. Als zij verdween, dat bot van zijn beenderen, vlees van zijn vlees, zou hij incompleet en ongelukkig rondzwerven. Hij had bijna geen verleden en wat hij aan verleden had was geheel van haar vervuld.

Eva zag hem aankomen. Zij beefde toen zij hem naar haar toe zag rennen. Zij zag het zweet op zijn huid glanzen, zijn krachtige benen, de energie van zijn voeten, zijn verontruste blik. Zij legde haar armen over haar borst en bood hem het hoofd.

'Ik heb het gedaan', zei zij. 'Ik heb het gedaan en ik ben niet gestorven. Ik heb de dieren ervan gegeven en zij zijn niet doodgegaan. Nu jij, eet jij nu.'

Zij reikte hem de rijpe vrucht. De man dacht dat zij nooit zo naar hem had gekeken. Zij smeekte hem te eten. Hij wilde niet denken. Zij was zijn vlees en bloed. Hij mocht haar niet alleen laten. Hij wilde niet alleen blijven. Hij beet in de vrucht. Hij voelde het zoete sap over zijn tong lopen, het zachte vruchtvlees zich aan zijn tanden hechten. Hij sloot zijn ogen en het genot van deze gewaarwording verwarde hem.

Hij draaide zich om om haar aan te kijken. Zij stond met de rug naar hem toe. De holte van haar middel benadrukte de prachtige, ronde billen. Hij vroeg zich af of zij net zo zoet als de vijg zouden smaken als hij erin zou bijten. Hij strekte zijn hand uit om de perfecte ronding te voelen en was verbaasd dat hij de verrukkelijke zachtheid van haar huid niet eerder had opgemerkt. Hij trok zijn hand terug, maar de gewaarwording bleef zo sterk en duidelijk in zijn vingers zitten dat er een huivering door hem heen ging. Zij draaide zich om en hij strekte opnieuw zijn hand naar haar uit en raakte de ronding van haar borst aan. De vrouw keek hem met wijdopen ogen strak aan.

Opeens hoorden zij het lawaai van de dieren. Zij zagen de kudde olifanten ronddraaien, de buffels, de tijgers, de leeuwen. Zij hoorden allerlei keelgeluiden, gebrul, onbegrijpelijke jammerklachten.

Adam keek Eva aan. Hij ervoer zijn eerste verwarring.

Eva wenste dat hij ophield naar haar te kijken alsof hij, na de beet in de vrucht, overwoog in haar te bijten, haar op te eten. Zij bedekte haar borsten.

'Kijk niet langer naar mij', zei zij. 'Kijk niet zo naar me.'

'Ik kan er niets aan doen', zei hij. 'Mijn ogen gehoorzamen mij niet.'

'Ik ga mij bedekken', zei zij, en ze trok bladeren uit de vijgenboom.

'Ik ook', zei hij, zich ervan bewust dat ook zij haar ogen niet van zijn benen, zijn handen af kon houden, alsof zij nieuw voor haar waren.

Eva zocht het dier van de Boom der Kennis, maar zag haar nergens. Zij begon haar te roepen tot zij haar boven in de kroon van de boom zag.

'Wat doe je daar?'

'Ik verberg mij.'

'Waarom?'

'Je zult het spoedig weten. Spoedig zul je alles weten wat je wilde weten.'

Hoofdstuk 5

De man liep met grote passen voort. De vrouw, achter hem, haastte zich. Hij zei dat zij verscholen zouden wachten op wat er dan ook zou gaan gebeuren. Hij was bang. Zij daarentegen verwachtte dat de kennis zich zou manifesteren. Zij probeerde hem ervan te overtuigen dat zij beter naar de Ander op zoek konden gaan, hem zeggen wat zij hadden gedaan, hem vragen wat zij nog meer moesten doen. Hoe moesten zij Goed van Kwaad onderscheiden? Zou het eten van de vrucht genoeg zijn om het verschil te weten? En als zij ze niet zouden herkennen? Ik heb toch mijn deel gedaan, bracht zij naar voren, nu zou Elokim zijn deel moeten leveren, hun alles leren wat zij zouden kunnen worden. Maar Adam wilde niet naar haar luisteren. Hij was haar gevolgd om van de vrucht te eten, zei hij. Nu moest zij hem volgen. Op zijn weg kraakten de takken onder zijn voeten en vlogen de vogels op. De aarde geurde naar regen. De Tuin leefde en was ongerept. Het licht van de bomen viel goudgeel over de lianen, de stammen en het struikgewas. De dieren maakten geen geluid. De man sprak nauwelijks. Zij keek naar zijn rug, zijn middel, waaraan de door een liaan bijeengehouden vijgenbladeren hingen. De vrucht had een vreemd verlangen naar zoete sappen in haar wakker geroepen, naar het met haar mond aanraken van Adams huid. Zij voelde de lucht, de bladeren en wilde alles met haar handen aanraken. Hij zei niets, maar zij zag hem de weg aftasten, stilstaan om te ruiken. Hij had naar haar gekeken of hij de behoefte had zich tegen haar aan te wrijven, haar te leren kennen met het verstand van zijn pas ontdekte lichaam.

Adam wilde de vrouw niet zeggen wat hij voelde. Hij vond de manier nog niet om het aan zichzelf uit te leggen. Sinds hij van de vrucht had gegeten, was er geen samenhang in wat hij deed. De ongekende vitaliteit van zijn organisme gaf hem geen rust.

Hij voelde het gewicht van zijn botten, de soepelheid van zijn spieren, zijn doelbewuste bewegingen; hij voelde de aarde, het stof en de vochtigheid onder zijn voetzolen. Hij slaagde er niet in te beslissen of hij dit nieuwe bewustzijn verkoos boven de gebruikelijke lichtheid, of hij de traagheid van zijn bestaan verkoos boven de vastbeslotenheid en de doelbewustheid, die hem nu naar de ruimte tussen de rotsen voerde die hij op een van zijn verkenningstochten had ontdekt. Als nooit tevoren wist hij wat hij wilde, maar vrees beteugelde zijn geestdrift. Zij waren zeker niet dood. Zou het juist zijn wat Eva dacht? Zou Elokim zich opgelucht voelen?

Hij voerde Eva door de purperen klokbloemen, die als een draperie over de ingang hingen en deze gedeeltelijk aan het oog onttrokken. Zij slipte er lenig doorheen en slaakte een kreet van bewondering bij het betreden van de grot met wanden van kwarts. Het roze bergkristal schitterde in het licht, dat door een gat boven in de rotswand naar binnen viel. Achterin klonk het geluid van stromend water. Het was een prachtige plek, zei zij, en ze liep de grot in tot waar het licht kwam. Hier zou de Ander hen moeilijker kunnen vinden, zei hij. Als hij alles weet, zal hij ons vinden, zei zij. Maar wij zijn tenminste op enige afstand van de bomen, van de Slang. Ik kan je verzekeren dat hij ons niet zal doden. Vanaf het moment dat hij ons hier heeft neergezet moet hij geweten hebben wat er zou gebeuren. Als de gevolgen onomkeerbaar waren, had hij ons niet geschapen. Hoe kon zij er zeker van zijn, zei hij, dat de Ander hen niet in het niets, waaruit hij hen gehaald had, zou terugzetten wanneer hij zich gedwarsboomd voelde? Dat de Ander geen dwaas was, was het enige waar zij zeker van was. Je hoefde maar naar zijn werk te kijken. Het volstond om te zien hoe hij alles om hen heen voortdurend veranderde. De planten, de dieren. Alsof elk schepsel slechts het begin was van andere, die anders waren, ingewikkelder. Ik heb je gevraagd, Adam, of wij een spiegelbeeld zouden krijgen. Ik heb het gezien. In de rivier. Velen als wij zullen de wereld bevolken, zij zullen leven, zij zullen hun eigen scheppingen voortbrengen, zij zullen gecompliceerd en mooi zijn. Adam glimlachte flauwtjes. Laten we het hopen, zei hij. Hij liet zich op het fijne, grijze zand op de grond van de grot neer en strekte zijn hand uit om die van haar te pakken en haar te helpen naast hem te komen zitten. Hij legde zijn arm om haar schouders. Eva schikte zich tegen zijn borst. Zo hadden zij vaak gezeten, terwijl zij naar de rivier keken, naar het veld, de regen in het woud, maar deze keer had de behoefte samen te zijn, huid tegen huid, een bijzondere intensiteit. Eva duwde haar neus in zijn borst. Zij snoof hem op. Hij woelde met zijn handen door haar haar en snoof haar geur ook op.

'Het is vreemd', zei zij. 'Ik zou weer in je lichaam willen zijn, naar de rib terugkeren waaruit jij zegt dat ik gekomen ben. Ik zou willen dat de huid, die ons scheidt, verdwijnt.'

Hij lachte en drukte haar vaster tegen zich aan. Hij zou hetzelfde willen, zei hij, terwijl hij haar schouder met zijn lippen aanraakte. Hij zou haar als de verboden vrucht willen opeten. Eva lachte. Zij pakte Adams hand en stopte zijn vingers een voor een in haar mond, beet erin, zoog erop. De smaak van de verboden vijg zat nog in het zilte vel. Hij keek gefascineerd naar wat zij deed en voelde de zachte, vochtige warmte van haar mond als van een weekdier op zijn vingers. Zou Eva de zee in zich hebben? Zou hij die ook hebben? Wat was anders die vloed die hij opeens vanuit zijn benen in zijn onderbuik voelde opkomen en in zijn borst voelde breken, zodat hij ervan kreunde? Hij trok zijn hand terug van de ondraaglijke gewaarwording en legde zijn hoofd in de holte van Eva's nek. Eva richtte haar hoofd op en zuchtte en terwijl zij dat deed strekte zij haar hals. Hij zag haar gesloten ogen en streek met zijn handen zacht over haar borsten, verrast door de gladheid, de kleur en de aanraking van de roze rondjes die opeens onder zijn handen hard werden, net als de stijve huid van zijn penis, die plotseling, als gedreven door een eigen wil, zijn slapte had verloren en zich als een wanstaltige vinger had opgericht en onmiskenbaar naar Eva's buik wees. Zij,

haar lichaam gespannen, gaf haar verlangen Adam overal te likken vrij baan. Algauw waren zij op de grond van de grot een bol
van benen en armen en monden, die elkaar onder gesteun en
ingehouden gelach achternazaten en zo onderzochten zij elkaar
en tastten zij elkaar af om elkaar te leren kennen en namen
zij de tijd om zich te verbazen over al wat hun lichamen opeens ontplooiden, de verborgen vochtigheden en onvoorstelbare
erecties, het magnetische effect van hun vermengde monden en
tongen als geheime doorgangen waar de zee van de een brak
op het strand van de ander. Hoeveel zij elkaar ook aanraakten,
hun zucht elkaar aan te raken raakte niet bevredigd. Zij waren
al twee verhitte lijven toen Adam de onbedwingbare aandrift
voelde de verticale kiem, die zich nu in zijn middelpunt oprichtte, in Eva's lichaam te zaaien en zij, eindelijk met kennis
begiftigd, wist dat zij hem in haar binnenste moest toelaten, dat
dat het punt was waarheen het verbazingwekkende lid wees dat
bij Adam tussen zijn benen was verschenen. Ten slotte verenigd
hadden zij de verbijsterende ervaring weer één lichaam te zijn.
Zij wisten dat, zolang zij zo bijeen waren, de eenzaamheid nooit
meer voor hen zou bestaan. Ook al ontbraken hun de woorden
en werd het stil in hun geest, zij zouden samen kunnen zijn
zonder de noodzaak iets te zeggen. Zij dachten dat dit zonder
enige twijfel de door de Slang aangekondigde kennis was die zij
na het eten van de vrucht van de boom zouden bezitten. Zich
tegen elkaar wiegend keerden zij terug naar het Niets en hun
eindelijk uitgevloeide lichamen herschiepen zich om het begin
van de wereld en van de Geschiedenis te markeren.

Hoofdstuk 6

Voor de tweede keer in zijn leven sliep Adam. In zijn slaap zag hij een reusachtige bol vol stekels. De stekels waren rechte, verticale bomen. Uit elke stekel kwam het middel, het bovenlijf en het hoofd van of een man of een vrouw naar buiten. Aan de gestrekte armen van elk van deze wezens, half boom, half mens, zaten andere mannen en vrouwen vast, die de kronen vormden van dat uitgestrekte, menselijke bos. De bomen vielen de een na de ander geknakt om. Zij kraakten en bij het neerstorten lieten zij een lang gekerm horen. Adam vloog boven de menigte strakke blikken, die hem machteloos aankeken en wier stemmen, verbijsterd door de angst voor een einde dat zij niet konden begrijpen, in zijn hart weerklonken. Adam bleef vliegen, hij kon dat rondvliegen niet stoppen, hij kon het krakend sterven van de bomen niet stoppen.

Rillend werd hij naast Eva wakker. Hij kwam overeind en maakte haar wakker. Buiten hoorde hij het wraakzuchtige, vijandige geraas van de wind. De aarde schokte. Hij dacht dat het het lichte kloppen was waarmee zij zich soms levend betoonde, maar hij was ontdaan over de vijandigheid waarmee zij hen heen en weer schudde, alsof zij probeerde zich van hen te ontdoen. Eva keek hem verschrikt aan. De grot, waarin zij nog zo kortgeleden hadden gestoeid, leek door een reusachtige vuist te worden samengeknepen. Brokken kwarts vielen in stukken op de grond. Zij werden door vijandig stof en stenen belaagd. De wereld van aardbevingen en inslaande kometen, waarvan het kabaal vroeger af en toe tot hen was doorgedrongen, kwam opeens onder hun voeten naar boven. Adam, Adam, komt het omdat wij de vrucht hebben gegeten? Ik heb onze afstammelingen ook gezien, riep hij. Zij zullen leven, maar door onze schuld zullen zij een voor een omgehakt neervallen, kreunde hij. Hij probeerde op te staan, te lopen, maar vond het evenwicht van zijn benen niet. Steeds viel hij weer. Het bleef stenen regenen, de wanden van de grot braken. Een vieze stofwolk omhulde hen en dwong hen hun ogen halfdicht te knijpen. Eva bedekte haar hoofd met haar handen. Net als Adam probeerde zij te lopen en net als hij viel zij bij elke poging om. Nu zouden zij sterven, dacht zij. Alles wat de Slang had voorspeld zou nu uitkomen. Op handen en voeten kon Adam een stukje vooruitkomen. Hij zei tegen Eva dat zij hetzelfde moest doen en achter hem aan moest komen. Als een dier, dacht zij. En als een viervoetig dier volgde zij hem. De aarde bleef maar rommelen en slingeren. Een brok steen viel op Adams been. Hij schreeuwde van pijn en zij kroop naar hem toe en slaagde erin de steen weg te trekken. Adams been bloedde. Zij hadden nog nooit bloed gezien. Zij keken naar de wond. Het rood liep als een stroompje over zijn huid. We gaan naar buiten, zei Adam. Zij moesten daar weg voordat de wanden van de grot instortten. Mijn ogen zijn wijdopen, dacht Eva, ze branden. Ik ben bang. Zich op handen en voeten over de grond voortslepend kwamen zij uit de grot. Buiten was de hemel donker. Fijn, grijs stof viel in een dichte regen, die pijn deed op de huid, naar de aarde. In de chaos, de verwarring in de Tuin, de dieren die schreeuwend wegrenden, konden zij nauwelijks iets zien. Zij hoorden het gekraak van ontwortelde bomen, het lawaai van een ramp die hen plotseling veranderde in kleine, kwetsbare, breekbare en doodsbange wezens. Enkele meters voor hen opende de aarde zich, gespleten door een onzichtbare zweepslag. Eva sloot haar ogen en gilde zo hard zij kon, denkend dat het geluid van haar stem misschien de woede van de vertoornde geest, die vastbesloten scheen alles te vernietigen, tot zwijgen zou kunnen brengen. Adam balde zijn vuisten en zei dat zij stil moest zijn. Zij was het, dacht hij. Zij en haar nieuwsgierigheid. Hij trok haar zo ver mogelijk weg van de afgrond, die zich met een oorverdovend geluid vanuit de spleet opende. Krakend en wijkend scheurde de aarde vaneen alsof een onzichtbare, almachtige bliksem haar opensneed en zo een brede afgrond deed ontstaan. Eva wilde niet zien wat zij zag: de Tuin die zich buiten hun bereik bewoog en hun de toegang ontzegde. Toen de grond niet langer schudde, zag zij hoe hij zich aan de andere kant van de brede, diepe kloof herstelde. Zij zag hoe de vredigheid er terugkeerde, hoe hij daar in het goudgele licht als een vreemd eiland in het land lag. De Tuin, riep zij bij zichzelf uit. Zij had nooit gedacht dat zij hem zouden kwijtraken, dat zij buiten zouden blijven staan, van hem gescheiden, buitengesloten.

Plotseling voelden zij een trilling, alsof onder het aardoppervlak een getij de rotsen en alles wat zojuist nog vast en stijf was, wiegde. Vlak bij hen verscheen opeens een vreemd, lang schepsel met een rond lichaam en een vel van schubben, dat over de grond gleed. Eva herkende het gezicht, de ogen.

'Ben jij het?'

'Hij heeft mij hierin veranderd. Het gaat bij hem wel weer over. Wanneer hij kwaad wordt, doet hij dingen die hij later weer vergeet. Met wat geluk, wanneer hij ze zich herinnert, krijgt hij er spijt van en corrigeert hij ze. Wat hij met mij heeft gedaan is niet blijvend, maar voor jullie zal de tijd lang zijn. Jullie kunnen niet meer naar de Tuin terug.'

'Het is jouw schuld', zei Adam, die haar herkende. 'Je hebt ons bedrogen. Je hebt de vrouw overtuigd en zij heeft mij overtuigd.'

'Jullie hebben jullie vrijheid gebruikt', zei de Slang. 'Zo moest het gebeuren.'

'En wat moeten wij nu doen?'

'Leven, groeien, je vermenigvuldigen, sterven. Daarvoor werden jullie geschapen, voor de kennis van Goed en Kwaad. Als Elokim niet had gewild dat jullie de vrucht aten, had hij jullie geen vrijheid gegeven. Maar dat jullie het hebben gewaagd hem te trotseren, kwetst zijn trots. Het gaat wel over. Nu verjaagt hij jullie, omdat hij bang is dat jullie van de Boom des Levens zullen eten en nooit zullen sterven. Hij wil over jullie de macht van zijn eeuwigheid hebben.'

'Je had me moeten zeggen dat ik ook van die vrucht moest eten, dat wij zo de dood zouden vermijden', zuchtte Eva.

De Slang klakte met haar tong. Eva onderdrukte een uitdrukking van afkeer, toen zij zag dat die gespleten was.

'Je bent onverbeterlijk', zei zij. 'Maar geloof maar niet dat de eeuwigheid een geschenk is. Jullie zullen een kortstondig leven hebben, maar ik verzeker je dat jullie je niet zult vervelen. Nu jullie niet het eeuwige leven hebben, zullen jullie je moeten voortplanten en moeten overleven en dat zal jullie bezighouden. En nu moet ik gaan, hem ontkomen voordat hij mij het spraakvermogen ontneemt. Dat heeft hij al vaker gedaan. Loop die kant op. Jullie zullen er een grot vinden.'

De aarde begon weer te wiegen en te schudden. Felle lichtflarden knetterden tegen de hemel. In een oogwenk gleed de Slang soepel weg en verdween in het gras.

Adam keek de vrouw aan. Zij steunden op elkaar en probeerden hun evenwicht te bewaren. Wankelend zochten zij een schuilplaats onder een boom. Zij hielden zich aan de stam vast om niet te vallen. Eva's wijdopen ogen schoten heen en weer zonder ergens op te blijven rusten. Hij rook haar angst, ondervond voor het eerst onzekerheid, de schrik niet te weten wat te doen, waarheen te gaan. Als de aarde maar ophield met beven, dacht hij. Hij gleed met Eva naar de grond en sloeg een arm om haar heen. Net als hij beefde zij, voorovergebogen, haar hoofd tussen haar knieën. Hij hoorde haar de aarde smeken tot rust te komen.

Hoofdstuk 7

Toen de bodem niet meer beefde en zij konden gaan staan, liepen zij naar de afgrond, die hen van het Paradijs scheidde. De heldere hemel, die tot dan toe boven hun hoofd had geschitterd, had plaatsgemaakt voor een vreemde, vaalgrijze lucht, een gelig, koud schemerdonker, waarin stofwolken dreven. Zij keken in de kloof, probeerden door een stofwolk heen een doorgang te raden waarlangs zij naar de Tuin konden terugkeren, maar de afgrond omgaf hem volledig. Adam knielde neer, begroef zijn voorhoofd in de kiezels langs de rand en sloeg met zijn vuist op de grond, terwijl hij een jammerklacht van woede en wanhoop slaakte. Eva keek geschrokken naar hem. Zij kon de catastrofe niet verklaren, noch de heftige reactie van Elokim. Zou een dergelijk vertoon van woede zijn opgewekt omdat zij het gewaagd had de vrucht op te eten of door de kennis die Adam en zij in de grot ontdekt hadden? Verjoeg hij hen om niet te hoeven zien wat er uit hen zou voortkomen, wat zij in de rivier had gezien? Misschien had het hem pijn gedaan dat zij en Adam, voor de keuze gesteld, hadden besloten te kiezen voor wat zij niet kenden. Het was waar dat de Tuin mooi was (zo mooi!) en dat hij ervoor had gezorgd dat het hun aan niets ontbrak.

'Ik had nooit gedacht dat hij ons zou verjagen', zei zij hardop.
   'Wat dacht je, Eva? Wat dacht je?' vroeg Adam, die zich omdraaide en haar verwijtend aankeek.
   'Dat heb ik je al gezegd. Hij wilde dat ik van de vrucht at. Dat heeft hij mij laten voelen. Hij wil weten wat er van ons zal worden. Daarvoor heeft hij ons vrij gemaakt. Dat dacht ik.'
   'En dacht je dat dit allemaal met de Tuin zou gebeuren?'
   'Ik dacht dat de hele Aarde onze Tuin zou zijn.'
   Adam keek haar medelijdend aan.

'Je hebt je vergist', zei hij.
'Wij weten nog niet wat er verderop is. Misschien vinden we wat ik heb gezien. Elokim zal wel weten wat hij doet.'

Er speelde een ironisch, weemoedig lachje om de mond van de man. Wat kon hij anders van haar verwachten dan nieuwsgierigheid? Gelukkig wie zo op onzekerheid reageerde. Maar hij voelde zich verlamd, vervuld van angst en berouw. Hij wilde hier niet weg. Hij klampte zich vast aan de mogelijkheid dat Elokim goed zou nadenken en hun zou toestaan terug te komen.

'Ik vind dat we Elokim moeten vragen ons te vergeven, dat we moeten knielen tot hij ons laat terugkeren.'

Eva voelde Adams wanhoop in haar voetzolen, in haar handpalmen en in een wazige nevel, die haar ogen omfloerste en in tranen over haar wangen begon te lopen. Hij voelde de warmte van de vrouw en het vocht van haar tranen in zijn rug. Hij kwam langzaam overeind en op zijn hurken keek hij nog één keer naar de Tuin. Die zweefde in de verte in een heldere, onwerkelijke lucht. Uit de verstrengelde, bladerrijke takken van de Boom des Levens vloeide het goudgele, vredige licht dat hen tot dan toe had beschenen. Hij vroeg zich af of zij erin zouden slagen te overleven, of alles wat er gebeurd was alleen maar een streek van Elokim was, een begoocheling om hen te dwingen heimwee te voelen. Eva liep van hem weg en liep tot vlak bij de afgrond. Naarmate de dichte rook zich verspreidde en in de lucht oploste, werden de contouren van het Paradijs duidelijker. Zij kon de paden zien, die zij zo vaak bewandeld hadden, de planten, de bomen, waarvan zij de naam kenden. Zij hoorde het geluid van de rivieren, nu zonder bedding, die in de kloof stroomden. Zij liep naar Adam terug.

'Ik geloof niet dat Elokim ons al wil horen', zei zij tegen hem, terwijl zij zijn hand streelde. 'Het beven van de aarde is nog maar net opgehouden. We zullen moeten wachten tot zijn ergernis voorbij is. Waarom gaan we niet kijken wat er verderop is, waar de hemel wegzinkt? Kijk, het stof begint weg te trekken. Kom maar, Adam, later doen we wat jij hebt gezegd.'

Hij aanvaardde berustend haar redenering. Zij begonnen te lopen, de Tuin achter zich latend. Door de open stukken, die in de stofwolk waren ontstaan, zag je een wijde, ruige steppe van roodachtige aarde, bedekt met gelig gras. Hier en daar stonden groepen palmbomen en ceders. Aan één kant van het landschap rezen de scherpe rotsen van een gebergte steil omhoog. Op een onmogelijk vast te stellen afstand lag een rotsformatie. Enorme steenplaten staken boven de grond uit, als waren zij uit de aarde omhooggestoten. Verderop rezen rotsen in heuvels omhoog en vormden zo een vreemde, eenzame berg, waarlangs zich een groene strook dichte, gevarieerde vegetatie omhoogslingerde en die zich verloor in de uithoeken van de vlakte aan hun voeten. Het landschap leek niet nieuw, eerder vermoeid, gescheurd, gekwetst. Zij werden bevangen door de enorme afmetingen ervan en de willekeur waarmee rotsen, gras en vegetatie zo heel anders dan in de Tuin groeiden en een plek vonden. Zou het Elokim zijn die dit alles zo had ingericht, vroeg Adam zich af, verbaasd over het feit dat zo dicht bij de Tuin een zo verloren en vijandig landschap kon bestaan. Naast hem probeerde Eva de gewaarwording dat zij plotseling kleiner was geworden tot rust te brengen. Zij voelde zich nietig, breekbaar. Haar ogen brandden en haar neus prikte.

'Wat is daar, Adam, waar de hemel ophoudt? Is daar nog een afgrond?'

'Dat is de horizon', zei hij. 'Kijk, terwijl wij lopen gaat hij verder weg.'

Eva keek naar de wolken. Waar gaan ze heen, dacht zij. Dat had zij zich vroeger nooit afgevraagd, wanneer zij in de Tuin in het gras langs de rivier lag en ze boven haar hoofd voorbij zag gaan.

Zonder verder overleg richtten beiden hun voetstappen naar de groep groene pijnbomen. Eva stond af en toe stil. Zij pakte stenen en plukjes gras van de grond, rook eraan. Zij dacht aan de Boom des Levens en de Boom der Kennis, zo gelijkend en zo tegengesteld. De aarde buiten de Tuin had ook trekken, geuren, die haar aan het Paradijs herinnerden, en toch scheen elk ding in dit oord de keuze te hebben tussen haar pijn te doen, zoals de stenen bij het lopen aan haar voetzolen deden, of alleen maar hun scherpe kanten en hun hardheid te tonen, wanneer zij zich vooroverboog, ze opraapte en ze op haar handpalm bekeek.

Zouden Goed en Kwaad in alles bestaan dat hen omgaf, vroeg zij zich af. Zij schrok toen zij haar hand uitstrekte om een prachtige, blauwe bloem aan te raken. Hij had doorns. Zij had nooit gedacht dat een bloem haar kon verwonden.

Adam zag dat Eva de stenen op hun pad ontweek. Ook bij hem staken ze in zijn voeten en dwongen ze hem op te springen om de pijnscheuten te vermijden, die, hij wist niet hoe, door zijn benen tot in zijn borst drongen. Sinds zij begonnen waren zich van de Tuin te verwijderen, gaf hetzelfde lichaam, dat hem nog zo kortgeleden genoegen had gegeven, hem nu voortdurend allerlei gevoelens die hij maar niet kon begrijpen of onderdrukken. Het fijne stof, dat in de lucht zweefde, brandde in zijn keel, het asgrauwe licht kleefde aan zijn vel en bezorgde hem benauwdheid in zijn keel en zout vocht op zijn huid. Nieuwe woorden, pijn, zweet kwamen in hem op en benoemden die onprettige, verontrustende ervaringen.

Terwijl Eva zich van hem verwijderde om onbekende bomen, kruiden en kleine bloemen aan te raken, bleef hij maar achteromkijken, naar de Tuin verlangen en zich angstig afvragen of bij Elokim de vertoornde aandrift voorbij zou gaan om hen te verdrijven en alleen te laten, blootgesteld aan dit te uitgestrekte, onherbergzame landschap.

Halverwege zag Adam een valk. Hij vloog in de verte in cirkels. De dieren, dacht hij. Hij was ze vergeten. Waar zouden zij zijn?

Wat zou er van ze geworden zijn?

De witte, dichte lucht drukte op zijn rug. Hij vroeg zich af of dat bleke licht net zo constant zou zijn als eerder het warme, goudgele licht van de Tuin was geweest. De hitte die op zijn bezwete huid brandde dwong hem langzaam te lopen. Eva zweette ook. De glans van haar vochtige lichaam trok Adams aandacht. Hij ging naar haar toe en streek met zijn hand over haar rug en armen. Hij merkte de rossige tint op die zij had gekregen en hij vroeg zich af of de kleur van de aarde zich in haar weerspiegelde. Hoewel zij steeds doorliepen, kwamen zij nauwelijks dichter bij het verre groen. Eva luisterde naar de wind. Waar zou die vandaan komen? Hij was als Elokim, onzichtbaar maar aanwezig. Zij meende gelach te horen. Zij dacht dat het de anderen waren, die zij gezien had. Zij kon zich niet voorstellen dat zij alleen waren in een onmetelijkheid als deze. In het water van de rivier had zij velen gezien. Weer hoorde zij het lachen. Zij stond stil en maakte een gebaar naar Adam om stil te zijn.

'Hoor je dat? Er lacht iemand.'
'De Slang. Die zal hier wel ergens zijn.'

De man keek op. Zij waren dicht bij een paar vreemde rotsformaties die als enorme monolieten uit de grond oprezen, waarover bleekroze tot oranje strepen liepen. Het lachen was duidelijker te horen. Het klonk niet als de Slang. Adam rende naar de rotsen waar het geluid vandaan kwam. Eva volgde hem. Zij zagen ze boven aan een van de rotspartijen verschijnen. Hyena's. Zes of zeven. De man glimlachte. Hij herinnerde zich hoe die naam in zijn hoofd ontstond en zich in zijn mond vormde. Voor het eerst associeerde hij het geluid van de hyena's met zijn eigen lach. Hij riep ze. De dieren kwamen altijd naar hem toe, wanneer hij ze riep. De hyena's gehoorzaamden niet. Zij besnuffelden de lucht. Het geluid van hun lachen ging over in een schor gegrom. Zij bekeken hen en liepen onrustig heen en weer. Eva zag een van hen omlaagkomen. Zonder te weten waarom ging er een koude rilling over haar rug.

'Ze herkennen ons niet, Adam', zei zij benauwd, op haar hoede. 'Je moet ze niet meer roepen. Laten we weggaan.'

Adam keek haar verwonderd aan. Hij wees haar bezorgdheid van de hand met een gebaar dat zijn heerschappij over haar bevestigde. Hij riep ze opnieuw.

Eva ging verschrikt achteruit. Twee hyena's kwamen van de rotsen omlaag. De rest liep bovenaan onrustig rond alsof zij niet wisten wat ze moesten doen en maakte vreemde, onaangename geluiden.

Adam negeerde de waarschuwingen van de vrouw en liep op ze af. Op enkele passen afstand stak hij zijn hand uit om ze aan te raken, zoals hij bij ieder dier in de Tuin gewend was te doen. Pas toen drong tot hem door hoeveel van wat er vroeger was, veranderd was. De brutaalste hyena dook ineen, sprong op Adam af en gaf hem een haal over zijn hand. Het was het teken voor de anderen om over de rotsen omlaag te rennen. Eva schreeuwde zo hard zij kon, bukte, pakte een steen van de grond en gooide die met al haar kracht naar de meute. Verschrikt door het geschreeuw en verrast door de stenen stonden de hyena's stil.

Adam volgde Eva's voorbeeld en begon ook stenen naar ze te gooien, terwijl hij zenuwachtig achteruitweek.

Onthutst door de gebeurtenis, bevangen door een ongerustheid die hen verwarde en gedreven door hun instinct zetten de man en de vrouw het op een lopen in de richting van de Tuin.

Toen zij er bijna waren, pakte Adam Eva hijgend, bezweet en ontdaan bij de schouders.

'We zullen vergeving vragen, Eva. We zullen knielen en Elokim vragen ons terug te laten komen. Je moet mij beloven dat je nooit meer van de verboden vrucht zult eten.'

'Nooit meer', zei zij instemmend, bereid tot wat dan ook om de verwarde blik van de man te ontwijken en de angst kwijt te raken die haar benen deed trillen.

'Wij kennen nog niet alles wat Elokim kent. Er valt ons niets te verwijten. Wij zijn niet veranderd.'

Eva keek hem aan. Zij wilde hem niet zeggen dat er niets meer over was van de glans die hij vroeger uitstraalde en ook niet dat hij zienderogen kleiner werd. Zij wilde niet denken aan de klaaglijke klank waarmee de lucht in zijn longen kwam. De druk van haar angst en de bezeten vlucht voor de hyena's bemoeilijkten haar ademhaling. Hij had gelijk. Het zou het beste zijn terug te gaan, een smeekbede tot hem te richten, het hoofd voor hem te buigen.

Zij knielden neer aan de rand van de diepe kloof, waarin de lucht nu helder was en in de diepte een opeenstapeling van glanzende, scherpe rotsen liet zien. Aan de andere kant konden zij de prachtige kroon van de Boom des Levens zien. Adam ademde de lucht gulzig in. Als hij met een sprong in de Tuin kon komen, zou hij er nooit meer weggaan, dacht hij. Naast Eva geknield en met zijn mond vlak boven het zand van de bodem schreeuwde hij zijn berouw uit met alle jammerklachten en smeekbeden die hij kon bedenken. Eva steunde hem, beschaamd en berouwvol. Haar stem rees tot zij voelde hoe al haar bezieling in die smeekbede opging.

Plotseling stak uit de kloof een windvlaag op, die hen omhulde, hun haar in de war bracht en de bladeren wegblies waarmee zij hun naaktheid bedekt hadden. Voor hun ogen werd de wind zichtbaar, een puntige, brandende substantie, een reusachtig oranjerood blad dat langer en korter werd, aan hun voeten knetterde, gloeiender en erger dan de hitte die zij hadden ondergaan. De vuurtong stoof meedogenloos op hen af, likte aan hun voetzolen en handpalmen, schroeide hun vel, ranselde hen. Zij slaagden erin op te staan, deinsden terug en begonnen te rennen. Het vuur zwichtte niet, maar zat hen achterna, joeg hen genadeloos op en stuurde hen naar de berg, die boven de rotsformatie uitstak. Zich met de armen over hun hoofd beschermend zo goed zij konden en met pijnlijk geschaafde voeten bereikten zij de helling en klommen moeizaam omhoog, van dichtbij gevolgd door het vuur. In het midden van wat doornige struiken kregen zij de ingang van een grot in het oog. Even plotseling als hij was verschenen doofde de vlam met een dof geluid uit. Zij begrepen dat zij waren aangekomen bij wat hun verblijfplaats zou zijn in dat onvriendelijke landschap, waarheen zij verbannen waren. Door ontzetting overmand zochten zij, in een onstuitbaar huilen uitbarstend, bescherming in elkaars armen.

'Dat is een bijna even indrukwekkend machtsvertoon als de Schepping', zei de Slang, die op een rots naast hen opdook. 'En dan te bedenken dat jullie alleen maar een paar vruchten hebben gegeten.'

'Waarom heb ik er niet aan gedacht van de Boom des Levens te eten? Waarom heb je me niet gezegd dat ik dat moest doen? Waarom? Waarom?' zei Eva snikkend.

'Je droomt als je denkt dat Elokim dat zou hebben toegestaan. Zelfs de vrijheid die hij jullie gaf heeft zijn grenzen.'

'De hyena's hebben ons vandaag aangevallen', zei Adam. 'Wat gebeurt er als andere dieren dat doen?'

'Jullie zullen moeten leren onderscheid te maken tussen welke dieren je wel en welke je niet kunt vertrouwen. De dieren beginnen honger te krijgen.'

'Wat is dat?' vroeg Eva.

'Honger en dorst. Dat merken jullie nog wel. En jullie zullen weten wat jullie moeten doen. Beetje bij beetje zullen jullie inzien wat jullie allemaal weten. Het zit van binnen. Jullie moeten het alleen vinden. Ga jullie grot in. Rust uit. Jullie hebben een zware dag gehad.'

'Dag?'

'Dag en nacht. Een aan de omloop van de sterren onderworpen maatregel. Rust uit, Eva. Geen vragen meer.'

Hoofdstuk 8

De grot was ruim. Onregelmatige, vlakke rotsen staken uit de wanden en lieten in het midden een met donker, fijn zand bedekte ruimte vrij. De naar boven gebogen zijkanten vormden een soort gewelf met bovenin een opening waardoor licht naar binnen viel. Na de hitte van het vuur en het zonlicht van de dag waren de frisheid en het halfduister daarbinnen een verademing.

Eva liet zich op een platte steen vallen. Adam keek naar de rug van de vrouw. Met haar lange benen en haar voeten tegen haar borst getrokken leek zij op een bloemblad. Ondanks de voorspelling dat zij zouden sterven op de dag dat zij van de boom zouden eten, voelden zij zich nog steeds even intens lijfelijk levend als na het eten van de vrucht. Slechts de vrees voor nog een onverwachte, wrede straf weerhield hem ervan weer bij de vrouw naar binnen te gaan en in haar te wachten tot de rusteloosheid en de zorg die hem bezwaarden tot rust kwamen. Eva vroeg hem haar uit te leggen hoe zij het leven van de dood kon onderscheiden en dat kon hij niet doen zonder haar aan te raken.

'Deze pijn aan mijn voeten en mijn huid heb ik nog nooit gevoeld. Mijn mond is vol zand, mijn keel brandt. Denk je niet dat dat de dood is?' kreunde Eva ontroostbaar.

'De dood is het tegengestelde van het leven', zei hij. 'Je voelt dit allemaal omdat je leeft. Dat is toch wat je wilde, Eva?' hoorde hij zich zijns ondanks zeggen, terwijl hij naast haar ging zitten. 'Je wilde de kennis. Dit is wat kennis is: Goed en Kwaad, genot, Elokim en de Slang, elk beeld heeft zijn tegengesteld spiegelbeeld.'

Door haar weet ik dat ik leef, bedacht hij. Hoewel hun lichamen geen licht meer uitstraalden, hoewel zij kleiner geworden waren en het zachte staartje, dat vroeger hun verborgen openingen beschermde, verdwenen was, belette het voelen van het verlangen haar aan te raken hem de dood met de smart van de grenzeloze hulpeloosheid te verwarren. Eva luisterde naar hem. Hoe zij ook in haar ogen wreef, zij vulden zich steeds weer met water. Zij slaagde er niet in de rust te hervinden, haar handen, voeten en mond tot zwijgen te brengen. De pijn kroop in haar woorden. De schrammen, de kerven, de brandplekken. Adams lichaam was misschien steviger. Of misschien ging de pijn bij hem niet naar binnen om zijn gedachten met verdriet aan te tasten. Zij voelde dat de verwondingen van haar huid hun gloed aan de in haar binnenste geopende leegte overdroegen, eenzelfde kloof als die waardoor zij van de Tuin gescheiden waren. De wreedheid van Elokim en van wat hen overkwam pijnigde haar zonder ophouden en benam haar de geestkracht, de energie om te begrijpen waarom wat zij had gedaan vurige zweepslagen verdiende, die hen tot hier hadden gebracht.

'Ik heb dorst', zei zij. 'Dorst heet wat onze mond droog heeft gemaakt. Help mij water te vinden. Water lest de dorst.'
    Zij kon nauwelijks praten. Zij voelde een ondraaglijke hitte in haar keel, een droge verdikking in haar mond.

Adam liep door de grot. Toen hij er binnenkwam, had hij een ijl geluid van water gehoord. Achterin vond hij een waterstroompje, dat langs een van de wanden omlaagkwam en door een kanaaltje in de holte van een rots liep. Om de beurt stopten zij er hun hoofd in, wasten hun gezicht, openden hun mond en spoelden het zand uit hun tanden en kiezen. Het water verlichtte de droogte van hun mond. Zij vulden er hun wangen mee, maar durfden het niet door te slikken. Het was koud, het tegenovergestelde van het vuur, maar brandde net zo hard. Zij spuugden het tegelijkertijd uit. Zij waren bang dat het hun borst zou breken.
    Op een rots vonden zij lange stukken van een vreemd materiaal, waar haar op groeide, als op het vel van schapen. Zij be-

dekten zich ermee door het om hun middel te binden. Het haar was zacht en glanzend. Langzamerhand kregen zij het warm. Zij gingen op de stenen liggen. Hij zag haar gesloten ogen. Hij ging naast haar liggen en deed zijn ogen ook dicht.

Eva werd wakker. Zij wilde niet helemaal wakker worden, want zij had gedroomd dat zij weer terug was in de Tuin en haar bewustzijn zag nog geen duidelijk onderscheid tussen de werkelijkheid en haar verbeelding, maar uit nieuwsgierigheid om te weten of de verschrikkelijke dingen die zij zich herinnerde echt gebeurd waren, deed zij haar ogen halfopen. Zij zag niets. Zij deed ze zo ver mogelijk open en zag nog steeds niets. Zij dacht aan raven. De kleur van hun vleugels dompelde alles onder. Zij strekte haar handen uit om de dichte duisternis aan te raken. Met een ruk kwam zij overeind. Haar vingers begroeven zich in de zwarte, blinde lucht. Haar ogen dienden haar tot niets. Zij raakte haar gezicht aan om zich ervan te vergewissen dat zij wakker was. In paniek voelde zij om zich heen.

'Adam! Adam! ADAM!!!' schreeuwde zij.

Zij hoorde hem bewegen, wakker worden, grommen. Dan stilte en een kreet.

'Eva, waar ben je? Waar ben je?'

'Kun je me niet zien?'

'Nee. Ik zie niets. Alles is zwart.'

'Ik geloof dat we dood zijn', jammerde zij. 'Wat kan het anders zijn?'

Hij tastte om zich heen tot hij haar voelde. Haar vingers waren koud. Hij kon niet begrijpen dat zij was verdwenen, dat hij haar niet kon zien. Een schor gekreun ontsnapte aan zijn borst.

'Ik vind de dood niet prettig, Eva. Haal me hier weg.'

Van binnen hoorden zij de Stem, als in de eerste tijd in het Paradijs. De toon was een mengeling van ironie en vriendelijkheid.

'Het is nacht', zei hij. 'Die heb ik gemaakt, zodat jullie kunnen rusten, want nu zullen jullie moeten werken om te overleven. 's Nachts slapen jullie en zullen jullie zonder wil zijn. Zo zullen jullie je onderbewustzijn binnen kunnen gaan, het leren kennen en tegelijkertijd vergeten.'

Eva bemerkte dat de Stem voor haar openstond. Zij was niet bang.

'Je bent wreed', zei zij.

'Je was ongehoorzaam.'

'Zo heb je het toch bedacht? Je hebt ons nooit als eeuwig opgevat. Jij wist net zo goed als ik dat dit zou gebeuren.'

'Zeker. Maar dat was mijn uitdaging. Niet ingrijpen. Jullie vrij laten zijn.'

'En ons straffen.'

'Het is erg vroeg om dit oordeel te vellen. Ik geef toe dat ik steeds heb geweten wat er zou gebeuren. Maar zo moest het zijn.'

'Geef mij het licht terug.'

'Ga later met Adam naar de ingang van de grot. Daar zal het licht je opwachten. Iedere dag. Vanaf nu zullen jullie in de tijd bestaan.'

'We zijn tenminste niet dood', zei Eva, toen de Stem verdween.

's Ochtends bemerkte Adam dat de schaduwen als een nevel optrokken. Eva sliep. Keek zij in haar onderbewustzijn? Wat voor oord was dat waar je bij het dromen kwam? Zou zij begrijpen wat voor hem onbegrijpelijk was? Hij vond het niet prettig haar in slaap te zien of zelf te slapen. Hij vond het niet prettig wanneer zijn ogen zich sloten en zijn geest niet langer van hem was. Toch was het in het donker van de grot een troost geweest zich over te geven aan die vreemde onbeweeglijkheid, gehoor te geven aan de roep van het lichaam stil te blijven liggen en niet langer de smart en de heimwee, de angst en de onzekerheid te voelen. Plotseling was daar weer de onrust. Had Elokim woord gehouden en hun het licht teruggegeven?

Hij ging naar de ingang van de grot en wat hij zag gaf hem zo'n schok dat hij een kreet niet kon onderdrukken. De wittige hemel van de vorige dag stond in brand zo ver het oog reikte, zelfs de wolken stonden in brand. Hij riep Eva. Zij kwam haastig aangelopen, met onzekere pas alsof zij zojuist haar benen had leren gebruiken. Zij keek naar de rode hemel. Zij liep langs hem heen en strekte haar armen naar de warme lucht uit. Aan de hemel zag zij de rode bol van de zon boven de horizon rijzen.

'De hemel staat in vuur en vlam, maar het vuur kan de aarde niet verbranden', zei zij.

Adam kwam naderbij. Zijn ogen stonden vol tranen. Eva omhelsde hem. Hij, die langer was, liet zijn hoofd op het hare steunen en brak in snikken uit. Wat moesten zij doen, zei hij. Hoe zouden zij ver van de Tuin kunnen bestaan nu hun lichaam pijn deed en zij dorst hadden.

'Wat hebben wij gedaan, Eva? Wat hebben wij gedaan? Wat hebben wij aan kennis in deze verlatenheid? Moet je die onmetelijkheid zien die ons omringt. Wat moeten we doen? Waar moeten we heen?'

Zij wist niet wat zij moest antwoorden. Niets was zoals zij het zich had voorgesteld. Zij sloeg haar armen om Adam heen. Zijn pijn weerklonk in haar en maakte haar onzeker. Zij wilde hem met haar huid omhullen, haar handen vermenigvuldigen om hem te strelen. Het ongeduld, dat de man vaak in haar opwekte, verliet haar. In plaats daarvan werd zij in haar binnenste een verlangen gewaar hem te troosten en van hem te houden, dat zo sterk was als de wind en zo zacht en melodieus als het water van de rivier. Zij vroeg zich af of hij het door haar haar heen zou voelen, of hij het kon ruiken, of het besef dat zij van tederheid voor hem was vervuld zijn verdriet zou stillen.

'Laten we de dood beproeven, Eva', zei Adam, die zich plotseling oprichtte. 'Misschien kunnen wij naar de Tuin terugkeren als wij sterven.'

'Kortgeleden zei je dat je die niet prettig vond.'

'Ik dacht dat de nacht de dood was. De dood maakt ons bang, omdat we niet weten wat het is.'

'En wat moeten we dan doen om te sterven? Dat zal niet gemakkelijk zijn', zei Eva onthutst.

'Ik heb een idee. We gaan deze berg op', zei hij gekalmeerd, geïnspireerd door zijn besluit.

Hij begon de berg op te lopen. Zij volgde hem wantrouwend. Zij wist niet wat sterven was. De Slang had gezegd dat sterven niets voelen was, maar zij had geen enkele uitleg gegeven wat er na het sterven gebeurde. Misschien was het de moeite waard het te proberen. Het zou de beste manier zijn om een eind te maken aan de twijfel en na te gaan of de dood zo vreselijk was. Het was beter het te weten dan de onzekerheid van haar onwetendheid te verdragen.

De berg rees op boven de grot. Grote stenen staken hier en daar boven de grond uit en ertussenin groeiden doornstruiken in de zanderige aarde. Naar gelang zij stegen nam het gewicht van hun lichaam toe. Hun voeten brandden en ook hun handen, waarmee zij zich op het steenslag ondersteunden. De brand was gaan liggen en de zonneschijf scheen met een wit, intens licht, waarin je niet kon kijken. Zij voelden weer de verzengende hitte, die hun huid martelde. Eva's voeten bloedden. Ik kan niet meer, zei zij, ga jij maar alleen verder, maar Adam nam haar op zijn rug en ging hijgend, zwetend, afgemat verder. Hij kon de vermoeidheid niet begrijpen, hoe moeizaam het hem viel te doen wat hem vroeger geen enkele inspanning had gekost. Eva klaagde, jengelde. Haar gejammer drong in zijn neus, in zijn ogen, in zijn oren en verscheurde hem van binnen. In stilte verwenste hij Elokim. Ten slotte bereikten zij de top. Zij zagen de onmetelijke aarde, de rokende vulkanen, het eiland van het Paradijs, de rivieren die tot in zee stroomden.

Eva zweeg. Hoewel het landschap anders was dan het Paradijs, vond zij het mooi. Mooi en op een vreemde manier van hen.

'Als wij sterven, zien wij dit alles niet meer', zei zij.

'Ik ben met je meegegaan om de vrucht te eten', zei Adam. 'Ga jij nu met mij mee.'

Na een kort en vluchtig moment van twijfel en pijn stortte Adam zich vanaf een vooruitstekende rots in de leegte. De vrouw sprong hem na.

Zij vielen steeds sneller, de lucht floot in hun oren, Eva sloot haar ogen en perste haar lippen op elkaar.

Adam zag het rossige stof van de grond in beweging komen en in de windtunnel veranderen, die hen duizelingwekkend omgaf, hun val vertraagde en hen door de lucht meevoerde om hen in een waterstroom neer te leggen.

Weer sprak de Stem in hen.

'Het uur van sterven is nog niet gekomen', zei hij. 'Jullie zullen de dood op het daarvoor geschikte moment kennen. En wanneer het is gekomen, zullen jullie willen dat hij nog even wacht.'

Hoofdstuk 9

Spartelend en bibberend kwamen zij uit het water. Zij herkenden de begroeiing van palmbomen, ceders en pijnbomen, de oevers van de rivier, die zij in de verte hadden gezien. Daar had Elokim hen heen gebracht. Op het gras vonden zij nog meer droge vellen om zich mee te kleden. De zon scheen hoog aan de hemel. Zonder iets te zeggen gingen zij verward, bestraft op de oever liggen. De warmte, die geleidelijk hun lichaam binnendrong, kalmeerde het beven dat hen door de ontzetting van de duizelingwekkende val had bevangen.

'Ik was erg bang', zei Eva. 'Je mag me niet vragen om nog een keer proberen te sterven.'

Adam knikte. Hij had slokken water binnengekregen. Het heldere water was lekker, verfriste zijn mond, zijn keel. Voorzichtig wachtte hij een poosje om er zeker van te zijn dat hem niets verkeerds overkwam en toen spoorde hij Eva aan ervan te proeven.

'Drink, Eva, drink. Er gebeurt niets. Het is erg lekker', zei hij, terwijl hij haar bij de hand nam en haar vanaf een rots liet bukken om water in de holte van haar hand te nemen en het naar haar lippen te brengen.

Eva dronk. Genietend slurpte zij het vocht op, likte het tot de laatste druppel van haar vingers en herhaalde dat een paar keer. Adam lachte. Hij verbaasde zich erover dat zij niets half deed. Zij vertrouwde hem of zij trotseerde hem. Haar gelaatsuitdrukking was onmiskenbaar blij.

'Kijk nou, jullie redden wanneer jullie besloten hebben te sterven! Elokim is onbegrijpelijk! Ik zei toch dat hij tegenstrijdig was. Hij doet dingen en dan krijgt hij er spijt van. Hij wordt natuurlijk verteerd door nieuwsgierigheid om te zien wat jullie met de vrijheid doen die jullie genomen hebben.'

Zij keken op. De Slang lag gekronkeld om de tak van een boom, die boven de rivier hing.

'Jij weer', zei Adam.

'Ik ben ook alleen achtergebleven. Ik verveel me.'

'Als wij dood waren gegaan, zouden wij dan naar het Paradijs terug zijn gekeerd?' vroeg Eva. 'Heeft hij ons daarom gered, om te verhinderen dat wij er terugkeren?'

'Uit de dood is geen terugkeer. Het is beter dat jullie het niet nog eens proberen. Jullie hebben pas erg kort geleefd. Het leven zal jullie dichter bij het Paradijs brengen.'

'Zeg ons hoe', zei Adam.

'Ik kan jullie niet helpen. Elokim doet mij geen confidenties meer. Ik ben alleen.'

'Maar je weet veel.'

'Kennis is niet de oplossing voor alles. Dat zullen jullie nog wel ontdekken. Ik ga. Ik word moe van het beantwoorden van zo veel vragen.'

Soepel gleed zij langs de takken van de boom omlaag en verdween.

De vrouw ging peinzend in het gras zitten. Adam kwam naast haar zitten. Lange tijd bleven zij in stilte door de boomtakken naar het blauwe hemelgewelf kijken.

'Ik ben benieuwd of de Slang de Eva van Elokim is', zei zij. 'Toen wij in de Tuin met elkaar spraken, zei zij dat zij hem gesternte na gesternte had zien maken om die daarna te vergeten. Zij kennen elkaar al heel lang.'

'Misschien zat zij in hem, zoals jij in mij zat.'

'Waarom denk je dat Elokim ons van elkaar heeft gescheiden?'

'Hij dacht dat wij als één lichaam zouden kunnen bestaan, maar het werkte niet. Hij had je diep in mij gestopt. Je kon niet zien of horen. Daarom besloot hij ons te scheiden, je uit mij te halen. Daarom voelt het zo goed wanneer wij tweeën weer één zijn.'

'Maar jij denkt dat ik schuldig ben aan alles wat er is gebeurd, omdat ik je van de vrucht van de Boom der Kennis heb laten eten. Je had kunnen weigeren ervan te eten.'

'Dat is waar. Maar toen jij er eenmaal van had gegeten, moest ik hetzelfde doen. Ik dacht dat je zou ophouden te bestaan. Ik wilde niet alleen blijven. Als ik niet van de vrucht had gegeten en de Ander zou je uit de Tuin hebben verjaagd, zou ik je zijn gaan zoeken.'

Eva's ogen vulden zich met tranen.

'Ik twijfelde er niet aan dat je ervan zou eten', zei zij.

'En die dag zag ik je zoals ik je nooit eerder had gekend. Je huid zag er zo zacht en glanzend uit. En jij keek naar mij alsof je je opeens de precieze plek herinnerde waar je in mij bestond voordat de Ander ons scheidde.'

'Je benen maakten indruk op mij. En je borst. Zo breed. Ja, ik voelde het verlangen daar weer in te zijn. Ik heb je in dromen gezien. Je hebt een boomlichaam. Je beschermt me, zodat de zon mij niet verbrandt.'

Zonder iets te zeggen stonden zij op en gingen het water weer in om af te koelen.

'Eufraat', zei Adam. 'Zo heet deze rivier.'

Zij dreven in de stroom en gaven zich over aan het prettige gevoel van het kristalheldere water. Zij begrepen gemakkelijk het plezier van de vissen, wier kleuren zij zo vaak hadden bewonderd. Adam opende zijn lippen en zoog het frisse vocht langzaam op. Hij dacht aan de smaak van de verboden vrucht en zocht Eva. Zij kusten elkaar en de een ging weer in de ander, verbaasd over de ongewone gewaarwording van hun lichte, soepele lichamen. Lange tijd lagen zij daar en probeerden elk apart de herinnering terug te halen aan de tijd dat zij nog één schepsel waren, de beelden te bereiken die elk van hen van binnen bewaarde en daarin de stroom eigen beelden te storten. Tevergeefs doorzochten zij de smalle paden van hun geest, ernaar verlangend door te dringen in de dichtheid van de gevoelens van de ander zonder in de ruimte te komen waar elk onvermijdelijk in zijn eentje binnen de begrenzing van het eigen lichaam bestond. Hoe zij ook hun best deden, zij slaagden er niet in het ingewikkelde landschap te zien waar hun meest intieme gedachten woonden. Het was de erkenning van die niet te overbruggen hindernis die uiteindelijk bezit van hen nam en maakte dat hun spieren en botten zich zonder aarzeling openden om bezit te nemen van de enige, in volle overgave geschonken intimiteit, die zij in het wier en de modder van de rivieroever bereikten.

Toen zij de terugweg naar de grot insloegen, ging de schittering van de dag over in het warme, vriendelijke licht van de avond. Er waaide een briesje. Zij lieten het bos langs de rivier achter zich en liepen dwars door het veld naar de berg. Onderweg zagen zij in de verte een kudde olifanten en een groep sabelantilopen met lange horens. Die leken net als zij te dwalen. Zij hebben ook van de verboden vrucht gegeten, dacht zij. Misschien stelden ze hen er verantwoordelijk voor dat zij uit de Tuin verdreven waren. Adam dacht aan de hyena's en vroeg zich af of deze dieren gedwee waren of hen zouden aanvallen. Eva zei dat zij er niet te dichtbij moesten komen.

'Ik mis Kaïn', zei Adam, die aan de trouwe hond moest denken, die hem in de Tuin vergezelde.

'En ik de kat', zei Eva. 'Vooruit, we gaan naar de Tuin om ze te zoeken.'

Hoofdstuk 10

Toen zij de kloof en de mysterieuze verte van de Tuin in het midden weer in het oog kregen, voelde Adam opnieuw de tranen komen. Als hij een dier was geweest, zou hij hebben gejankt van smart bij het zien van die illusie, waarvan de onverklaarbare schoonheid constant in zijn geheugen gloeide. Hij worstelde in zijn binnenste om zijn verwijten aan de vrouw, aan Elokim en de Slang tot zwijgen te brengen. Het had weinig zin het te beredeneren, er met haar over te praten; in de eenzame diepte van zijn gedachten slaagde hij er niet in de zwaarte te verlichten van het gevoel uit het oord te zijn verdreven waar hij was geschapen om als het meest bijzondere en gelukkige van alle schepsels te bestaan.

Hij zag hoe Eva doorliep en achter bloeiend struikgewas bleef staan, aan de bloemen rook. Het viel hem op dat haar huid donkerder was, goudbruin, alsof het haar op een of andere manier was gelukt de glans van het Paradijs te behouden. Hij liep naar haar toe. Zij moesten niet te dicht bij de afgrond komen, zei hij. Het vuur mocht hen niet nog eens belagen en hen dwingen zich terug te trekken.

Zij liepen op veilige afstand van de kloof, de een naar het oosten en de ander naar het westen. De kruipplanten, die na het onheil waren losgeraakt van de vruchtbare grond van de Tuin, weigerden te sterven en groeiden door op de rode aarde. Op hun weg kwamen zij hoog gras tegen, struikgewas, planten met getande, stekelige bladeren, die de doorgang bemoeilijkten en hun benen bezeerden. Zij leerden het gif van mieren en de steek van muggen en muskieten kennen. Eva praatte tegen de insecten, opdat ze hen zouden gehoorzamen en hen met rust zouden laten. Toen hij merkte dat dit nergens toe leidde, begon Adam om zich heen te slaan. Zij zagen konijnen, fazanten, eekhoorns en muizen, die niet naar hen toe kwamen wanneer zij ze riepen, maar verschrikt wegrenden. Adam hoorde in de verte het gehuil van wolven en hij stelde zich voor dat ze bang waren. Hij vroeg zich af of de wolven die hij had gekend soortgenoten zouden hebben gevonden die al ervaring hadden in buiten de grenzen van de Tuin leven. Hij miste de leeuwen met hun gouden manen, de giraf met zijn lange nek en lieve ogen, de prachtige vogel Feniks en, natuurlijk, zijn sterke, slimme, altijd gehoorzame hond.

'Kaïn', riep hij. 'Kaïn.'

Hij vond hem bij het vallen van de avond. Hij speelde met een prairiewolf, blind voor de man die hem zocht. Toen hij hem zag, spitste hij zijn oren en rende naar hem toe om zijn handen te likken. Adam knielde neer en omhelsde hem. De man was net zo gelukkig als de hond, nu zij zich herkend wisten. De prairiewolf keek een poosje naar hen. Het leek of hij zich bij hun spel wilde aansluiten, maar dan draaide hij zich om en verdween tussen een paar struiken. Eva lachte toen zij de man met Kaïn over de grond zag rollen. Zij en de kat speelden nooit zo. De kat zou haar nooit als kat behandelen, terwijl Kaïn vrolijk was en het goed met Adam kon vinden, alsof deze een hond was.

Het viel Eva niet makkelijk toen zij de kat eindelijk had gevonden. Zij gebruikte lange, lieve woorden om haar ervan te overtuigen om uit de boom omlaag te komen, waarin zij, schuw weggedoken op een tak, droevig zat te miauwen. Zij spuugde in haar hand om haar water uit haar droge mond aan te bieden. Het dier kwam langzaam over een lage tak dichterbij, maar nadat Eva haar met haar nagels in haar zij had gekrabd, kwam zij naar beneden en wreef zich tegen haar benen.

In het gezelschap van de hond en de kat ondernamen de man en de vrouw de terugweg naar de grot. Hij liep voorop. Hij gooide een stuk hout naar de hond en deze pakte het en bracht het snel bij hem terug. Adam lachte. Zij had hem niet zo zien lachen sinds het vuur hun had belet naar de Tuin terug te keren. Zij bewonderde zijn richtingsgevoel. Hij gebruikte niet zijn neus zoals de hond. Hij hief zijn arm, richtte zijn blik, fronste zijn voorhoofd en scheen te weten waarheen hij moest gaan. Zijn rug was heel breed. Misschien was dat het wat hem in staat stelde beter te weten waar hij was. Haar bracht het landschap in verwarring. De vlakte was zo uitgestrekt. Zij keek naar de kat, die in haar lichte gang naast haar liep. Hoewel zij niet spraken, waren de dieren hun een troost voor de verlatenheid en de eenzaamheid. Af en toe verdwenen zij in het struikgewas, maar wanneer zij ze riepen, kwamen ze terug.

Zij liepen lange tijd. Eva voelde haar lichaam steeds zwaarder worden en de holte, die sinds de ochtend in haar maag knorde, begon pijn te doen. Zij stelde zich een diertje voor, dat haar van binnen krabde en beet. Iets dergelijks had zij nog nooit gevoeld. Zij keek opzij naar Adam, die ook langzaam liep. De hemel veranderde van kleur, bevolkt door wolken waarvan de randen purper en roze gekleurd waren. Zij hoorde een soort gekreun. Adam stond dubbelgebogen en hield zijn buik vast.

'Voel je een leegte? Doet het pijn?'

'Het is de honger, Eva.'

'Wat moeten we doen?'

'Ik weet het niet.'

'De grot is nog ver weg. Ik voel ook pijn. Ik wil niet verder.'

'We zoeken een boom. Daar gaan we zitten.'

Zij zochten een boom om tegen te zitten. Zij moesten een flink eind lopen om hem te vinden. In de vlakte waren de loofbomen schaars, en laag. De palmbomen daarentegen rezen slank omhoog. De wind gleed door ze heen.

Ten slotte vonden zij een plek. Zij lieten zich op de grond vallen. De hond en de kat kwamen bij hen liggen. De honger was plotseling gekomen, net als de vermoeidheid. Futloos viel Adam in slaap. Eva zag de dag in schemering overgaan. Het donker leek haar deze keer zacht, een dichte nevel die alles omhulde. Na een poosje onderscheidden haar ogen het silhouet van wat er om haar heen was. Dit stelde haar gerust. Zij hoorde gefluit, droevige vogelzang, scherpe, onbeschrijfelijke geluiden. Zij merkte op dat het duister van de hemel was bestrooid met gaatjes, die licht doorlieten. Zij vroeg zich af of de bloemblaadjes, waarmee zij zich vroeger voedden, daardoorheen vielen. Die herinnering, gevoegd bij de smaak van de verboden vrucht, maakte haar speeksel dik en kneep haar maag samen. Adam dacht dat hij de Stem hen had horen veroordelen tot het eten van gras en doorns. Eva betastte de grond om haar heen, trok er een paar grashalmen uit en begon erop te kauwen. De flauwe, licht bittere smaak bracht geen troost. Zij was boos dat zij van de vrucht had gegeten, dat zij zo zeker van zichzelf, zo uitdagend had gehandeld. Zij vroeg zich af of wat zij zo graag had willen kennen de moeite waard was. Wat had je aan kennis en vrijheid om je honger te stillen, dacht zij. Als zij gehoorzamer was geweest, zou Elokim hen dan in de Tuin hebben laten blijven? Waarom gedroeg hij zich zo beledigd als dit allemaal deel uitmaakte van zijn plan? Misschien haalde Elokim de werelden die hij schiep door elkaar en vergat hij de bedoelingen die hij aan elke wereld oplegde. Zij was naïef geweest om te denken dat haar door het eten van de vrucht de perverse of voorspoedige zin van dit alles zou worden onthuld.

Adam ontwaakte onder de rode hemel van de dageraad. Deze keer maakte het hem niet ongerust, maar beurde het hem op. Hij besloot dat hij de dag boven de nacht verkoos. Op een paar pas afstand van de boom waaronder zij gescholen hadden, zag hij een andere, waarin groene vruchten hingen. Hij liet Eva slapen en ging ze plukken. Peren, dacht hij. Het speeksel liep hem in de mond. Hij gaf er een aan de hond en keek hoe hij erin beet, hoe het sap over zijn snuit liep. Hij plukte er nog een. De beweging waarmee hij hem naar zijn mond bracht, stokte. Hij gooide hem ver weg. De hond rende erachteraan. Adam verborg zijn gezicht in zijn handen. Hij rook de geur van de peer aan zijn vingers. Nee! riep hij uit, plotseling overmand door een hevige schrik, die sterker was dan de honger. De geur van de vrucht bracht hem in verwarring. Hij mocht het niet riskeren, zei hij tegen zichzelf. Als Elokim weer boos werd, moest hij er niet aan denken welke straf hij hun deze keer zou opleggen. Vruchten waren gevaarlijk. Hun vruchtvlees zat vol woede van Elokim. Als zij ze opaten, zou hij hen nog verder wegslingeren. Dan zouden zij nooit naar de Tuin kunnen terugkeren.

Hij maakte Eva wakker. Zij rook de perengeur in zijn handen.
'Waar komt die geur vandaan, Adam? Heb je gegeten?'
Hij wees haar de perenboom. Maar hij had er niet van gegeten, zei hij. Noch hij noch zij moest ervan eten.
Zij stond snel op en holde naar de boom. Hij ging achter haar aan.
'Hij verbood ons de vrucht van één boom te eten, Adam, niet van alle bomen.'
'Hij verbood ons van een boom te eten en verjoeg ons uit de Tuin, opdat wij niet van een andere boom zouden eten. Ik zeg je dat we geen vruchten moeten eten. Ze zijn gevaarlijk. Wij kunnen dit risico niet nog eens lopen, Eva.'
Zij keek hem ongelovig aan. De honger kwelde haar ingewanden. De geur van de zo nabije peren belette haar te denken. Zij deed pogingen er een te pakken. Adam hield haar tegen. De hond begon te blaffen.
'Je kunt mij niet dwingen niet te eten.'
'Kijk hoe wij eraan toe zijn, Eva, alleen, hongerig, hulpeloos. Welk ander ongeluk van jou wil je dat ik met je deel?'
Eva voelde een gloed in haar gezicht en in haar borst. Zij onderdrukte de opwelling zich woedend, gefrustreerd op Adam te werpen. Zij schrok van haar impuls. Beschaamd, in de war rende zij weg. Zij rende en rende. In de lichte, frisse ochtendwind hervond zij haar kalmte.
Adam holde achter haar aan.
'Waar ga je heen? Waarom ren je weg?' schreeuwde hij.
Zij stond stil.

'Ik word boos omdat je mij er, iedere keer dat je wilt dat ik je gehoorzaam, aan herinnert dat ik de vrucht heb opgegeten.'

'Wanneer ik wanhopig ben, kan ik het niet voorkomen', zei hij.

'Eten was jouw beslissing.'

'Ja, maar jij was het die mij de vrucht aanbood. Jij hebt er als eerste van gegeten.'

'Ik wist niet wat er zou gebeuren. Jij wist het ook niet.'

'We wisten dat we konden sterven.'

'Dat was niet wat er gebeurde.'

'Het is niet meteen gebeurd, maar wij zullen sterven.'

'Je ziet dat Elokim ons niet heeft laten sterven. Geloof je niet dat het de moeite waard was dat wij elkaar leerden kennen? En de smaak van de vijg? En de frisheid van het water?'

'En de honger? En de dorst?'

'We zouden geen honger hebben als jij ophield bang te zijn.'

Zij gingen terug naar de berg, waar de grot was. Een schaduw gleed over hun hoofd. Hij keek omhoog. Na de eerste verblinding van het in de zon kijken zag hij tegen het ijle blauw van de namiddag het prachtige verenkleed van zijn favoriete vogel, de enorme oranje en goudgele vleugels, de kleine kop getooid met een intens blauwe kuif. Het was de Feniks.

'Hij was de enige die niet met ons van de Boom der Kennis heeft gegeten', riep Eva uit. 'Hij gaat vast de Tuin in en uit zonder dat het vuur hem tegenhoudt.'

Adam vroeg zich af of het een teken was. Misschien zou de Feniks hen over de kloof heen naar de Tuin terugbrengen. De mogelijkheid maakte hem licht en deed hem lachen. Hij had de aanvechting op te springen, met zijn armen te zwaaien. Op een keer had de vogel hem door de lucht naar de zee gebracht, voordat de vrouw was verschenen. Hij liet hem in het water glijden en daar zag hij de trage, gewichtloze schepsels die erin leefden. Hij benoemde de hamervis, de walvis, de haai, de roggen en dolfijnen, de scholen sardienen, de slakken en zeesterren. Hij bekeek de hete diepten en de openingen waardoor de stoom van onderaardse branden naar de oppervlakte ontsnapte. Lichtgevende vissen vergezelden hem op zijn tocht, waarbij hij voor het eerst een indruk kreeg van duisternis. Het was die intuïtie van een wereld zonder licht, die zijn geheugen in de eerste donkere nacht van zijn leven had opgeroepen. Hij herinnerde zich de visjes met rode zijkanten, die hij met Eva's tenen associeerde, juist op het moment dat de vogel met een zacht geruis neerstreek en twee vijgen voor de voeten van Eva neerlegde. Toen vloog hij op en richtte zijn snavel naar het Paradijs.

Zij pakte de vijgen op. Alleen al bij het zien ervan en de gedachte aan de smaak, het sap, het vruchtvlees, liep het water haar bij voorbaat in de mond. Snel als een kat pakte Adam ze van haar af.

'Nee, Eva, geen vruchten heb ik gezegd. Vijgen al helemaal niet.'

De man kneep de vijgen samen in zijn handen. Zijn ogen volgden de vlucht van de Feniks. Hij voelde de teleurstelling in zich opkomen toen hij hem naar de Tuin zag terugvliegen zonder hen mee te nemen.

'Ik heb zo'n honger', zei zij verschrikt. 'Wij moeten eten, Adam. We hebben eten nodig.'

'Ik heb net zoveel honger als jij, maar het onheil maakt dat ik nadenk.'

'Maar deze zijn door de vogel gebracht, Adam. De Ander zal ze hebben gestuurd.'

'Dat weten we niet, Eva. Ik dacht dat de Feniks ons mee terug zou nemen. Maar deze vijgen, Eva ... we weten niet of het weer een streek is', zei hij koppig. 'Wij weten nog niet of de Ander voor of tegen ons is.'

Murw geslagen door Adams verblinding en halsstarrigheid slikte Eva haar tranen weg, waarvan zij de zoute smaak in haar droge mond proefde.

'Alsjeblieft, Adam, gooi de vijgen niet weg. Bewaar ze.'

Hij begroef ze bij de ingang van de grot. Met een ruwe steen spitte hij de grond om. Onder de nachtelijke sterrenhemel ging Eva door met haar poging hem ervan af te brengen. Er zijn er twee, Adam. Geef mij er een. Zij overtuigde hem niet. Zij gingen slapen zonder iets te zeggen, zonder elkaar aan te raken, elk bezig met het harde oordeel over de ander. Haar honger liet haar zien hoe de vijg in de aarde uiteenviel; wat in haar mond had kunnen zijn, verloren door de starheid van de man, zijn wreedheid. Want het was wreed haar te hebben gedwongen toe te zien hoe hij de vruchten wegdeed en, erger nog, hoe hij voor beiden besliste. Hij had gehandeld alsof haar woorden geen gewicht of geluid hadden, alsof hij ze niet hoorde. En zij en haar woorden waren hetzelfde. Haar niet horen was maken dat zij niet bestond, haar alleen laten. Hij was zich ervan bewust dat hij niet naar haar had geluisterd. Naar haar luisteren maakte hem zwak, verwarde zijn bedoeling. Zij vertrouwde te veel op zichzelf en hij wist niet op wie of wat hij kon vertrouwen. Wel wist hij dat hij haar nodig had. Hij miste haar warmte, haar lichaam. Zij werd wakker van zijn hand, die bangelijk onder haar door gleed en naar haar toestemming zocht haar in zijn armen te nemen. 's Nachts legde Adam haar tegen zich aan, haar rug tegen zijn borst. Voelen dat de man haar in de duisternis zocht vertederde haar. De herinnering aan zijn boosheid was niet genoeg om hem af te wijzen. Zij liet toe dat Adam zijn arm over haar borst legde en schoof tegen hem aan. Zij had het koud. Overdag was de grot fris en beschermend, maar 's nachts verloor hij zijn ziel. Zij moesten hun eigen warmte produceren door zich tegen elkaar aan te wrijven. Zwijgend legde zij zich in zijn armen. Hij zei dat hij haar de volgende dag mee zou nemen naar de zee.

Hoofdstuk 11

Zij liepen tot de meeuwen en de salpetergeur hun tegemoet-kwamen.

Voor hun ogen verscheen, onpeilbaar, het enorme, transparantblauwe bekken. De hond ging onbevreesd het water in en sprong blaffend in het rond. De kat ging onverschillig in het zand naar hem liggen kijken. Adam vertelde Eva over zijn verkenningstochten. Hij wilde haar meenemen om haar te laten zien wat hij had gezien. Zij gingen het water in. Zij deed het voorzichtig. Door de inspanning die het haar kostte om vooruit te komen, voelde zij zich beperkt, log.

'En nu, Eva,' zei Adam toen het water al tot hun kin kwam, 'duik nu onder, open je armen en duw jezelf naar de bodem.'

Het ging niet. Hoe zij ook haar best deed, zij werd tegengehouden door de benauwdheid in haar neus, haar mond, haar keel en door het water dat haar naar de oppervlakte duwde. Met wilde bewegingen van haar armen en benen waadde zij terug naar het strand. Zij zag dat Adam, in de war en beschaamd, haar volgde. Het was niet meer zoals eerder, zei hij. Het lichaam gehoorzaamde hem niet, hij kwam niet dieper dan een paar slagen, het water kwam overal naar binnen en hij kon niet ademhalen. De zee was om naar te kijken, zei Eva tegen hem toen zij vaste grond onder de voeten hadden en bijkwamen van het inslikken van het zoute water. De poging had hen van streek gemaakt, vooral Adam, die bij de beschrijving van de onderzeese wereld zo veel bewondering had geuit. Nu twijfelde hij eraan of hij hem ooit had gezien. Het zou wel een droom zijn geweest, zoals hij de laatste tijd wel meer dingen in zijn hoofd haalde.

'Maar de zee is er niet alleen om naar te kijken', zei hij vol overtuiging.

Eva ging op het strand liggen en deed haar ogen dicht. De klank van de golven, die onvermoeibaar over de oever rolden,

71

was als het gestage geluid van de vragen die zich in haar geest vormden en weer wegzonken.

Even later kwam hij terug en ging naast haar zitten.

'Kijk, ik heb iets voor je honger meegebracht', zei hij.

Het waren schelpen, ruw en ovaal van vorm. Wanneer je ze openmaakte waren ze gevuld met een compacte, witte, trillende substantie waar je mond schoon van werd, alsof het water zacht, zilt vlees was geworden. Op een rots sloeg Adam er met een steen op tot ze de zachte vrucht van hun binnenste prijsgaven. Oesters, zei hij. Oesters, herhaalde zij lachend.

'Hoe wist je dat er iets in zat, dat wij ze konden eten?'

'Net als ik hun naam wist. Net zo.'

Pas de volgende dag keerden zij naar de grot terug. Zij brachten de nacht op het strand door, apart, beschaamd door de opstand van hun darmen: de geluiden, de geuren, de ontlasting. Vol afkeer wasten zij zich bij het aanbreken van de dag in zee. Zij vroegen zich af of hun lichaam verrot was, of het een nieuwe straf was omdat zij iets anders in hun mond gestopt hadden, toen zij de hond en de kat zagen pissen en poepen en hun uitwerpselen met zand zagen bedekken.

'Adam, denk je dat dieren weten dat zij dieren zijn?'

'Ze denken in ieder geval niet dat zij iets anders zijn. Ze raken niet in de war, zoals wij.'

'Als we geen dieren zijn, wat denk jij dan dat wij zijn?'

'Adam en Eva.'

'Dat is geen antwoord.'

'Eva, Eva, je blijft maar vragen stellen.'

'Als er vragen bij me opkomen, is dat omdat er antwoorden zijn. En die zouden wij moeten kennen. We aten de vrucht, we raakten de Tuin kwijt en we weten nauwelijks meer dan we al wisten.'

Zij praatten op de terugweg naar de grot. Het was natuurlijk een straf om te denken dat het lichaam zich op deze manier zou wreken als zij iets aten, zei Adam, maar het was wel zo dat hij zich beter voelde, met meer kracht in zijn spieren en met meer energie.

'Dat is logisch. Als je wegdoet wat zo stinkt, voel je je lichter. En wat een raar gevoel, hè, heel anders dan pijn, vind je niet?'

Lachend verhulde Eva de schaamte die het onderwerp bij haar wekte. Zich gedwongen zien te eten en uit te werpen als de hond en de kat vond zij niet alleen vies maar ook kleinerend. Zij begreep niet dat Adam genoot van wat zij een vernedering vond. Zij begreep niet dat hij de boosheid die het met zich meebracht, niet opmerkte.

'De Ander meende het toen hij zei dat wij stof waren en weer tot stof zouden vergaan. Hoelang denk je dat deze lichamen van ons meegaan?' vroeg zij aan Adam.

'Dat weet ik niet. Ik weet alleen dat mijn lichaam meer pijn doet dan dat van jou.'

Uit de loodgrijze hemel begon water te vallen. Grote druppels, die op hun rug vielen.

Zij renden de grot binnen. De regen stroomde neer. Aan de hemel geselde een boom met fonkelende takken het firmament. De aarde beantwoordde de aanvallen van de takken van licht met barse weergalm. In het donker zagen zij de glinsterende ogen van de kat. De hond besnuffelde de grond. De vier installeerden zich op het stenen uitsteeksel dat hun tot bed diende. Met de armen om elkaar heen keken Adam en Eva verbijsterd en bang naar deze losbarsting, naar de donder en bliksem.

'Komt de hemel naar beneden? Storten de sterren neer?' vroeg Eva.

'Ik denk het niet', zei Adam. 'Die zijn ver weg.'

'Hoe weet je dat?'

'Ik weet het niet zeker.'

Eva werd wakker met bloed tussen haar benen. Zij schrok toen zij opstond en het rode vocht uit haar geslacht zag vloeien. In het schijnsel van de dageraad stond de grot vol nevel. Zelfs de wolken zijn voor de woede van de hemel hierheen gevlucht, dacht zij. In haar onderbuik ging een vuist open en dicht en deed haar pijn. Het rode vocht was warm en kleverig. De hond kwam bij haar ruiken. Geïrriteerd stuurde zij hem weg.

Zij ging naar de bron in de grot en waste zich, maar het bloed bleef vloeien. Zij maakte Adam wakker. Hij zei dat hij bladeren ging halen om haar schoon te maken. Hij zei dat zij weer moest gaan liggen. Zij waren geschrokken, maar hielden dat voor elkaar verborgen. Even later kwam de man met zijn handen vol vijgen en vijgenbladeren en met een blij gezicht terug.

De regen had twee vijgenbomen laten groeien uit de vruchten die hij bij de ingang van de grot had begraven. De volgroeide bomen hingen vol vijgen.

'Kijk, Eva, kijk. Je had gelijk. Ze zijn voor ons. We kunnen ze eten.'

Met de bladeren en water uit de bron maakte Adam een kompres voor Eva's wond.

'Zou ik gaan sterven, Adam? Ik voel niet dat ik doodga. Alleen doet het af en toe pijn diep van binnen.'

'Je kunt beter rustig blijven liggen. Eet maar een vijg.'

Adam vertrok met de hond. Eva lag in het schemerdonker van de grot. Zij maakte een vijg open en bekeek de roze, zoete binnenkant met in het midden het vruchtvlees en de rode pitjes. Mijn lichaam is anders dan dat van de man, dacht zij, het vocht dat uit hem komt wanneer hij op mij schreeuwt is wit. Dat van mij is rood en komt naar buiten wanneer ik treurig ben. Zij trok haar benen omhoog tegen haar borst. Zij kon de woorden waarmee hij haar de schuld gaf van hun ellende, niet vergeten. Ze pijnigden haar als de stenen die in haar voeten sneden toen zij de berg hadden beklommen om zich in de dood te storten, waarvan Elokim hen had gered. Zij was ervan overtuigd dat de reden waarom hij hen had gered dezelfde was als waarom hij haar ertoe had aangezet van de vrucht van de Boom der Kennis te eten: hij wilde hen op zichzelf zien leven. Zij had het voor hem gedaan, maar Adam wilde dat niet begrijpen. Het was gemakkelijker haar de schuld te geven dan de Ander, die zich nooit liet zien.

Nadat de zon was ondergegaan, verbaasde hen de helderheid van de nacht. Vanuit de grot staken de door een witachtig licht beschenen takken van de vijgenbomen helder af. Zij dachten dat de duisternis vol water was en gingen naar buiten om ernaar te kijken. De hele blauwe koepel van de nacht, helder na de regen, deed hen denken aan het oppervlak van de zee. In de hoogte hing een bleekglanzende ronde ster, gewichtloos glimlachend.
    'De gedoofde zon ziet er mooi uit', zei Adam.
    'Het is de zon niet. Het is de maan. Daarom bloed ik.'
    'Hoe weet je dat?'
    'Ik weet het', vervolgde Eva. 'Ik weet dat er een zee is, die de Maan vult en leegt.'

Adam vroeg niet verder. De betovering van het mysterie, vervat in Eva's ongebruikelijke zachtmoedigheid, in de geur van de zuivere lucht, in het licht zonder warmte, waartegen de omtrekken van de rotsen en de bomen afstaken, en de tot oneindige hoogte groeiende hemel verzadigden zijn ogen en zijn huid. Naast zijn kleinheid, zich een in verbanning verdoold schepsel te weten, ervoer hij de zekerheid dat hij en zij een essentieel deel van dat verlaten nachtelijke landschap waren.

'Denk je dat wij alleen zijn, Eva? Denk je niet dat er in deze onmetelijke ruimte anderen zijn zoals jij en ik?'
    'Er zijn anderen. We hebben ze in dromen gezien.'
    'Zitten ze in ons binnenste verborgen? Komen ze tevoorschijn als wij slapen?'
    'Ik weet het niet, Adam.'

Kennis, bedacht Eva, was niet het licht waarvan zij zich voorstelde dat het haar opeens inzicht zou geven, maar een trage onthulling, een opeenvolging van dromen en intuïties, die zich op een plek voorafgaand aan woorden opstapelden; het was de stille intimiteit die tussen haar en haar lichaam groeide. In die vloed, in de zwaarte van haar onderbuik en haar borsten, in de pijn die nu de plek vulde waar de man in haar verzonk, voorvoelde zij een bron van leven die in haar opwelde om zich langs onvermoede wegen te verspreiden. Op de dagen dat zij bloedde wilde zij de grot niet verlaten. Opgevouwen bracht zij de dagen sluimerend door, alsof dromen de enige realiteit waren die haar interesseerde.

Hoofdstuk 12

Vijgen, peren, bittere vruchten, halmen met goudgele korrels die de behoefte om te bijten bevredigden, Adam verzamelde alles waarvan hij dacht dat het de honger zou verjagen, maar de honger kwam terug. Iedere ochtend, wanneer hij zijn ogen opende, voelde hij deze gast, die als een aan zijn wil onttrokken schepsel gebiedend en wreed midden in zijn lichaam leefde. Wat zou hij hem kunnen geven, dacht de man. Vruchten stilden hem nauwelijks, terwijl hij en zij met smaak van het zoete vrucht-vlees genoten en zich bleven verbazen over het vermogen van de bomen om steeds weer zulk lekker voedsel uit hun stammen en bladeren te laten groeien. Op zijn tochten in de omgeving van de grot had Adam ook mieren en andere insecten geproefd en dikke, vlezige plantenstengels, die tot zijn verbazing waterrijk waren. Hij volgde de eekhoorns en proefde van de zaden waarin zij met hun lange tanden beten, maar zijn honger was groter dan alle kleine dingen die hij vond en met Eva deelde. Anders dan hij kreeg zij er geen genoeg van naar de vijgenboom te gaan om haar honger te stillen. Zij meende dat de verschijning van Fe-niks met de vijgen in zijn poten en de manier waarop de bomen in één nacht waren ontstaan een duidelijk teken waren dat deze vruchten geroepen waren om de bloembladeren te vervangen waarmee zij zich in de Tuin gevoed hadden.

Weggedoken in het gras, bang voor een tweede ontmoeting als die met de hyena's, durfde Adam niet al te dicht bij de grote dieren te komen. Na de onheilsgebeurtenis waren vele dagen voorbijgegaan dat zij hun aanwezigheid nauwelijks bemerkt hadden. De aarde, die van tijd tot tijd bewoog, lag er stil en verlaten bij. Maar geleidelijk reisde een mengsel van geluiden, sommige vertrouwd, andere niet te ontcijferen, door de lucht en bereikte hen. 's Nachts hoorden zij het huilen van wolven en prairiehonden, en overdag bracht de lucht hun van ver het gebrul van leeuwen of de krachtige roep van olifanten. Kleine dieren, fazanten, apen, mollen, dassen en konijnen bewogen door het hoge gras en soms konden zij ze benaderen en hun blik vinden voordat ze snel wegglipten in de begroeiing, blijkbaar bevangen door dezelfde hevige schrik die de hyena's bij hen teweeg hadden gebracht. Vluchten ooievaars, reigers en eenden vlogen over hen heen. Eva zei dat hun gesnater haar hart beroerde, omdat zij vond dat het uitdrukking gaf aan hun klachten en vragen.

De kat en de hond intrigeerden Adam. Zij aten geen fruit en toch leken zij geen last te hebben van de honger die hem kwelde. Wat deden zij al die tijd dat zij niet in de grot waren?

Op een ochtend, bij het aanbreken van de dag, ontdekte hij het antwoord. Hij werd gewekt door een zwerm vogels, die in de takken van de vijgenboom neerstreken. Hij ging op een rotsblok zitten kijken hoe de merels rondsprongen, zongen en in de vijgen pikten. Opgewonden bleven de kat en de hond maar om de bomen heen miauwen en blaffen. Kaïn ging op zijn achterpoten staan alsof hij wilde gaan vliegen. Ontwaakt uit haar slaperigheid kromde de kat haar rug en keek met ondoorgrondelijke blik naar de vogels. Nadat zij haar nagels aan de stam had gescherpt, dook zij ineen en sprong opeens soepel en behendig op een lage tak, klom omhoog en dook weg tussen het gebladerte. Adam keek er gefascineerd naar. Hij zag hoe zij met één snelle haal van haar poot een van de vogels ving en met haar tanden in de nek greep. Luid miauwend en haar lange nagels gebruikend om de hond te intimideren kwam zij met haar prooi uit de boom en rende weg om zich in het struikgewas te verbergen. Op zijn tenen ging Adam ernaartoe om te zien wat zij ging doen. Hij zag haar een ongelijk spel met de vogel beginnen, hem najagen, grijpen, bijten, tot hij er levenloos bij lag. Toen zag hij hoe zij haar tanden in het vlees zette en hem op haar gemak opat. Vol afkeer liep Adam weg. Even later kwam de kat weer tevoorschijn en ging, zich voldaan aflikkend, in de zon haar dutje doen.

De honger overviel Adam even plotseling als zijn afschuw. Hij stond stil, plukte een vijg en beet erin. Hij vroeg zich af of het bloed van de vogel anders zou smaken. Opeens begreep hij de betekenis van de botjes en de geuren die hij op zijn tochten tegenkwam, de vreemde jammerklachten, de geluiden van verscholen tijgers. Met tegenzin keek hij naar de vijgenbomen. Hij spuwde de vrucht uit. Hij dacht aan de lange tocht naar de zee en aan de oesters. Hij wist wat hem te doen stond.

Hij ging in de grot de lange stok halen, waarvan hij de punt met een stuk steen scherp had gemaakt om hem te helpen noten te kraken en bittere wortels uit te graven. Waar ga je heen? vroeg Eva. Adam zei dat hij op onderzoek ging naar de geluiden van een kudde dieren die op de vlakte rondliep. Hij wilde weten of zij hem dichterbij wilden laten komen. Hij begreep niet goed waarom hij had vermeden haar de waarheid te vertellen. Wees voorzichtig, zei zij. Dat zal ik doen. Hij vertrok met de hond. De kat bleef bij Eva.

De zon was warm in een wolkenloze hemel. Hij besloot in de tegenovergestelde richting van de Tuin te gaan, naar de wijde vlakten aan het eind waarvan meer rotsformaties en groepjes palmbomen zichtbaar waren. Als de andere dieren ook op zoek waren naar hoe zij zich moesten voeden, dan kon hij er niet zeker van zijn dat zij hem niet als voedsel zouden beschouwen. Hij was bang, maar voelde ook de noodzaak. Kaïn was ook onrustig, alsof hij de taak van de man begreep.

Zij hadden nog niet zo lang gelopen, toen Kaïn zijn oren spitste. Adam zag het konijn en dook weg. Hij probeerde het te roepen, zodat het konijn uit zichzelf naar hem toe zou komen.

Konijn, konijn. Het diertje ging overeind zitten, de oren omhoog. De hond rende erachteraan. Toen Adam bij hem kwam, had Kaïn hem al levenloos onder zijn poten en scheurde hij hem met zijn tanden in stukken. Hij trok zich terug om de hond te laten eten. Hij keek wat hij at, wat hij liet liggen, de vanzelfsprekendheid zonder misbaar waarmee hij de prooi verorberde en de felheid waarmee hij zijn eten beschermde, zelfs tegen Adam. Toen hij dichterbij kwam, ontblootte hij zijn tanden en gromde. De man wachtte. Hij liet zijn ogen tot de horizon over de vlakte gaan, in de war. Wat was er ver van hier? Was er onder hen nog een hemel zoals zij 's nachts zagen? Hoe zou dierenbloed smaken? Met zijn stok spoorde hij de hond aan verder te gaan. Even later rende Kaïn weer achter een konijn aan. Adam rende achter de hond aan, de snelheid van zijn benen op de proef stellend. Hij rukte het konijn uit zijn bek. De kop hing slap omlaag.

Deze keer was het de beurt van de man zich te verbergen. Hij ging onder een boom zitten en deed zijn ogen dicht. Hij zette zijn tanden in het vel van het jonge konijn. Hij proefde het bloed, het vlees onder het vel. Met zijn tanden en zijn nagels trok hij de huid weg en rukte een poot los. Hij at het warme, bloedende, naar muskus ruikende vlees op.

Hij hoorde een zacht lachen. Een spottend lachje.

'Kijk wat er van je is geworden. Nu moet je doden om te eten.'

Hij dacht dat het zijn innerlijke stem was, maar toen herkende hij de schorre, grinderige toon. Hij zag de Slang.

'Jij bent het. Ik herken je. Wat eet jij?'

'Ik heb muizen gegeten, klein wild. Konijn smaakt niet slecht. Maar kijk nu, jij die meende dat je zo bijzonder was, zit hier als een dier te eten.'

'Moeten wij in deze wereld zo overleven, door elkaar op te eten?'

'Het leven voedt zich met de dood. Elokim wordt boos en doet dit: hij veroordeelt de ene soort natuur om als de andere te leven. En moet je zien. Tegen mij zei hij dat ik aarde zou eten, tegen jou dat je gras en doorns zou eten, maar hij veranderde van gedachte. Nu laat hij toe dat wij elkaar opeten.'

'Je kent hem goed.'

'Wij zijn al heel lang samen. Zolang hij leeft, leef ik ook.'

'Je bent er om hem tegen te spreken.'

'Zonder mij zou de eeuwigheid ondraaglijk worden. Ik voorzie hem van verwondering, van het onvoorspelbare. Ik heb je iets cadeau gedaan', voegde zij er, sluw sissend, aan toe. 'Je vindt het wanneer je bij de grot aankomt. Het zal je helpen om te eten, om je te verwarmen. Maar je moet je haasten. Ik heb geprobeerd Eva te waarschuwen, maar zij wilde niet naar mij luisteren. Als je je niet haast, zal zij sterven.'

Ontsteltenis nam bezit van Adams ruggegraat. Hij voelde hoe zijn spieren zich spanden, zijn handen samentrokken. Hij riep Kaïn en zo snel als zijn benen hem konden dragen sloeg hij, met het restant van het konijn in zijn handen om het met Eva te delen, de richting van de grot in.

Onderweg zag hij in de grasvlakte een groep tijgers, die in een kring zeker een prooi beschermden. Hij probeerde hun duidelijk te maken dat hij niet de bedoeling had hen te beconcurreren en zo rustig als hij kon nam hij een omweg achter een paar rotsen om en zette het weer op een lopen. Hij dacht aan het grote aantal grote, sterke dieren, waaraan hij een naam had gegeven, alle hongerig, wie zou wie verslinden?

Hij moest nog een stuk afleggen, toen hij de rook en de vlammen zag die de grot en de vijgenbomen omhulden. Iemand had de rotsen, die de ingang vormden, met struiken en gras bedekt. Het vuur knetterde, de vlammen laaiden hoog op. Hij stopte zonder te weten wat te doen. Al voor hij angst kende, maakte vuur hem bang. Van alle elementen was het het krachtigste, het schitterendste. Het nu te zien, de hitte en de rook van dichtbij te voelen en zich Eva daarbinnen voor te stellen vervulde hem met ontzetting en machteloosheid. De hond sprong als een gek in het rond, blafte en jankte. Hij kwam zo dichtbij als hij kon, terwijl hij de hitte weerstond en zijn gezicht met zijn handen bedekte. Hij begon ook te jammeren, te kermen, op de grond te stampen en Eva met luide kreten te roepen. De rook verstikte hem. Elokim kon toch niet toestaan dat de Slang haar doodde? Hij had gezegd dat de tijd om te sterven nog niet gekomen was.

Hij riep hem uit alle macht, hem verwensend, hem smekend, bevangen door de meest absolute wanhoop.

'Elokim, Elokiiiiiiiim', schreeuwde hij, terwijl hij zich steeds omdraaide en in de richting van de Tuin keek.

Het duurde niet lang of hij zag de Feniks verschijnen. Met zijn enorme, goudrode vleugels kwam hij snel naderbij. Adam balde zijn vuisten. Wat kon de vogel doen om het vuur te doven? Als verdoofd zag hij hem met gespreide vleugels op de brandende grot neerdalen. Plotseling begon het vuur, dat zich naar alle kanten uitbreidde, zich terug te trekken en boven het lichaam van de vogel samen te komen, als een tam dier dat gehoor geeft aan een onontkoombare roep. De omtrek van de vogel, het hele dier, zwol op en ontving het vuur, steeds groter wordend om het in zich op te nemen. De vlammen omhelsden hem, hun tongen likten zijn veren zonder dat de statische houding van de vogel veranderde. Ten slotte opende de kolossale, als een zon brandende vogel boven de grot zijn vleugels en richtte zijn kop op. Als verlamd, verbijsterd keek Adam naar de gloeiende gestalte, die enkele minuten brandde zonder te verteren tot hij langzaam, zonder dat zijn voorkomen van magnifiek standbeeld veranderde, een hoop as was geworden. Toen het vuur uit was, kwam de man uit zijn staat van machteloze ontzetting en wierp hij zich, de verkoolde takken van de vijgenbomen ontwijkend, naar de ingang van de grot. De wanden dampten, maar hij kon erdoor. Hij vond de bevende Eva gehurkt onder de bron in de rotswand, waaruit slechts een klein waterstraaltje liep.

'Het was de Slang, Adam. Zij zei dat je, nu je gedood had, ook het vuur diende te kennen. Wat heb je gedaan?'

'We gaan naar buiten. Ik zal je alles uitleggen, maar kom mee naar buiten.'

Het werd avond. De hemel kleurde in roze en purperen strepen. Eva's warme huid streek langs de zijne. Adam had verdriet over de Feniks. Zij hadden gedacht dat hij onsterfelijk was. Het silhouet van vuur brandde in zijn geheugen. Ontroerd liet hij de vrouw de verkoolde resten zien. Terwijl hij bladeren zocht om het roet van zijn gezicht en zijn lichaam te vegen, ging Eva op een rotsblok zitten. Zij keek naar de grot, de dode vijgenbomen, toen zij de hand van de wind de as van de vogel licht zag beroeren. Steeds weer tilde hij die op en liet hem weer vallen, alsof hij hem op orde wilde brengen alvorens hem mee te voeren. Op de rots kwam het asheuveltje in beweging zonder uiteen te vallen, kreeg het een andere kleur en veranderde langzaam in goudkleurige veren, die al dwarrelend een vorm aannamen die in het geheugen van de lucht bewaard leek. Op een gegeven moment kwam uit het verenkleed de kop van de vogel tevoorschijn. Oprijzend uit de ondergang, alsof hij zojuist was ontwaakt, schudde de vogel zich en daarbij vormde de myriade veren zich tot hun oorspronkelijke schikking. Op dit moment wellicht de cyclus begrijpend, die zijn aard in alle eeuwigheid zou herhalen, opende de Feniks vreugdevol zijn enorme vleugels en met een sierlijke aanzet en een vrolijk geluid verhief hij zich in de lucht. Verbijsterd keken Adam en Eva toe hoe hij opging in de avondschemering en aan de horizon verdween.

'Denk je niet dat met ons hetzelfde gebeurt wanneer wij sterven?'

'Dat weet ik niet, Eva, ik weet het niet.'

De zon ging onder. In een hoekje tussen de rotsen zochten de man en de vrouw in de openlucht bescherming tegen de nacht. Zij hadden geprobeerd de grot binnen te gaan, maar de wanden straalden een intense hitte uit en brandden je huid wanneer je ze aanraakte. Van waar zij zich bevonden zagen zij een oranje gloed, die uit het binnenste van de grot kwam. Kooltjes. Adam omhelsde Eva. Zijn haar rook naar rook. Verraderlijk, de Slang, dacht hij. Tweeledig. Vriendin en vijandin. Het bracht hem in verwarring.

'We hebben niets te eten', zei Eva met een blik op de verkoolde vijgenbomen.

'Ik heb iets', zei Adam.

Hij stond op en ging het konijn halen, dat hij in de vork van een boom in de buurt had neergelegd. Hij legde het voor Eva neer en wachtte op haar reactie. Waar hij voedsel zag, zag zij een stijf, bebloed dier. De vrouw gaf een schreeuw en bedekte haar ogen.

'Hij is dood, Adam. Of wordt hij weer levend, zoals de Feniks?'

'Nee. Hij is dood.'

Zij deed haar ogen weer open. Zij raakte het slappe, zielloze vlees van het dier aan, zag de doffe ogen.

'Is dit wat je mij wilt laten eten, de dood?'

'Vanochtend zag de kat een vogeltje, zij doodde het en at het op. Later ving Kaïn een konijn en at het ook op. Toen ik hem er nog een zag vangen, heb ik het van hem afgenomen en meegenomen om het samen op te eten. Wij zullen andere dieren moeten doden en ze eten als wij willen overleven. Dat heeft de Slang tegen mij gezegd. Zij heeft muizen en klein wild gegeten. We kunnen niet alleen vijgen eten. Konijnenvlees smaakt goed. Ik heb het geproefd.'

'En geloof jij de Slang, Adam? Vind jij dat wij moeten doden om te eten?'

Eva keek hem ongelovig, verschrikt aan.

'Ik weet alleen dat ik, zodra ik de kat het vogeltje had zien opeten, begreep dat dit is wat wij moeten doen. Er zijn veel konijnen, Eva.'

Eva boog het hoofd, legde in een gebaar van wanhoop haar handen in haar nek.

'Wie is de Ander? Wie is de Slang? Wie zijn deze wezens, Adam? Wat willen zij van ons? De een bedriegt ons, de ander straft ons. Zij doen zich voor als onze vrienden, maar zij spreken elkaar tegen. Als het eten van een vrucht ons deze straf bezorgd heeft, wat denk je dan dat er zal gebeuren als wij doden om te eten? Ik wil niet doden, Adam. Hoe weten we wat we wel en wat we niet moeten doden? Doden om te eten', herhaalde zij, met een uitdrukking van afschuw en verbazing op haar gezicht. 'Wie bedenkt dat?'

'Ik heb je gezegd dat er veel konijnen zijn. Elokim zal ze met die bedoeling gemaakt hebben.'

'Ik verzeker je dat het het konijn dat je doodmaakt niets kan schelen dat er nog meer zijn. En als een ander dier beslist dat wij zijn konijnen zijn?'

'Iedere dag zullen wij moeten leven en leren. Ik kan al je vragen niet beantwoorden.'

'Je moet niet doden. Mijn hele lichaam zegt het mij. Als de dood zo'n zware straf is, moeten wij die dan aan anderen geven? Het lijkt erop dat het Elokim moeilijk valt zich in ons te verplaatsen, hij denkt dat hij weet wat het beste voor ons is, maar ik kan mij wel in het konijn verplaatsen. Arm dier. Kijk nou, een stukje afval.'

'Het gaat niet om het doden om te doden, maar om het doden om te leven.'

'Zo was het niet in de Tuin.'

'Jij wilde het Goed en het Kwaad kennen. Misschien is dit het Kwaad. Wij moeten het proberen, anders sterven wij.'

'Wij sterven hoe dan ook.'

'Elokim zei dat onze tijd nog niet gekomen is.'

'Dus jij vindt dat dit het kwaad is dat wij moeten uitproberen.'

'Ja.'

'Maar wij zijn vrij, Adam, wij kunnen kiezen. Als je denkt dat wij ons één keer vergist hebben, waarom zullen we ons dan nog een keer vergissen? Hij heeft ons alleen gelaten. Het is onze beslissing hoe wij willen leven.'

Adam keek haar lang aan. Hij bewonderde haar felheid. Maar zij was degene die hen in deze situatie had gebracht. Zij was niet bang geweest het Goed en het Kwaad te kennen en nu was zij bang voor wat zij zouden moeten doen om in leven te blijven.

'Jij hebt de vrucht gegeten.'

'Ik wilde weten, Adam. Nu weet ik meer dan ik wist toen wij in de Tuin waren. Daarom vraag ik je niet te doden.'

'Als wij nooit van de vrucht hadden gegeten, misschien zouden wij dan nooit hebben hoeven te doden, maar nu zijn we alleen. Ik kan niet doen wat je vraagt. Ik weet ook wat ik moet doen. Misschien hoef jij niet te doden. Misschien zijn wij daarom verschillend.'

'Misschien, Adam. Denk dat maar, als je dat wilt.'

'Ik ben groter en sterker dan jij. Ik voel mij er verantwoordelijk voor dat wij erin slagen te overleven.'

'Ik voel mij er verantwoordelijk voor jou te verzorgen. En het lijkt erop of ik zal moeten beginnen met jou tegen jezelf te beschermen. We zijn geen dieren, Adam.'

'Hoe weet je dat? Het enige wat ons van hen onderscheidt zijn de woorden die wij gebruiken.'

'En de kennis.'

'Ik weet dat wij moeten eten. Dieren weten dat ook. Alleen jou staat het niet aan.'

'Het stoort mij te moeten doden.'

'Zo is het beschikt. Wij hebben dat niet gedaan.'

'Je zult je moeten verharden om het te doen. Je zult moeten leren wreed te zijn.'

'Misschien is het niet goed, Eva, maar het Kwaad maakt ook deel uit van de kennis.'

Eva dacht met weemoed aan het licht en de kalmte van de Tuin. Aan de eeuwigheid. Zij herinnerde zich de gemoedsrust, de eenvoudige gedachten van haar geest, die vrij was van schrik, weeklacht, wanhoop of woede; dat lichte wiegen van een blad op het wateroppervlak.

'Als wij niet van de vrucht gegeten hadden, zou ik nooit een vijg of een oester geproefd hebben. Ik zou de Feniks niet uit zijn as hebben zien herrijzen. Ik zou de nacht niet gekend hebben. Ik zou niet hebben herkend dat ik mij alleen voel wanneer jij weggaat en ik zou niet hebben gevoeld hoe mijn lichaam, dat vlak bij de brand zo koud was, van binnen warm werd zodra ik je mij hoorde roepen. Ik zou je naakt blijven zien zonder daarvan in verwarring te raken. Ik zou nooit hebben geweten hoe fijn ik het vind wanneer je als een vis bij mij naar binnen glijdt om de zee uit te vinden.'

'En ik zou niet hebben geweten dat ik het niet prettig vind dat je honger hebt. Ik vind het wreed je bleek te zien worden en niets te doen om het te voorkomen. Ik heb niet beslist dat de dingen zo zouden zijn, Eva. Ik leer van wat ik om mij heen zie.'

De man zweeg. Zij ook. Waarom zouden zij zo verschillend denken, vroeg zij zich af. Wie van hen zou de overhand krijgen? In de openlucht, bij de rotsen rondom de grot, schoof zij dicht tegen hem aan en later, schrijlings boven op Adam, met de afnemende maan rond haar hoofd, maakte zij dat de man de honger en de noodzaak om te doden vergat.

Bij het aanbreken van de dag keerden zij terug naar de grot. De intense hitte had plaatsgemaakt voor een aangename, warme uitstraling. In het zand op de grond gloeiden een paar hete stenen. Adam liet het konijn nonchalant erop vallen. De geur van het vlees in het vuur bracht zijn speeksel in beweging. Op het vuur werd het vlees bruin en kon je er gemakkelijker je tanden in zetten. Hij bedacht dat zij moesten leren de intensiteit van het vuur te beheersen. Het is als met alles, dacht hij, het bevat Goed en Kwaad.

Eva keek naar hem zonder dichterbij te komen.

De volgende dag was zij het die op onderzoek ging. Zij wilde alleen gaan. Je moet niet te ver weg gaan, zei hij, let op dat je de terugweg weet. Wat gaf hem het idee dat zij niet zou kunnen weggaan en terugkomen net zoals hij, lachte zij. En ze vertrok.

Zij zag dat het zonlicht zacht en ijl uit een met wolken bedekte hemel scheen. Zij liep naar de rivier met het idee een manier te vinden om naar de vegetatie aan de andere kant over te steken. De hond ging met haar mee door het veld met het hoge, gele gras. Hij liep snuffelend voor haar uit en joeg de konijnen op, die naar alle kanten wegrenden. Er waren er inderdaad veel. Zij stelde zich hun verschrikte hartjes voor. Een valk vloog laag over de grond, greep er een en vloog ermee weg. Hij zal het doden. Hij zal het opeten, dacht zij. Zij herinnerde zich de geur van het vlees van het dier. Het beeld van schepsels die elkaar opaten was weerzinwekkend. Het bloed. De tanden van de hond. De pijn van de geofferde dieren. Triest, dit alles. Wat voor goeds kon ervan komen als het leven zich met de dood voedde? Wie zou dat beschikt hebben? Wat moesten zij doen als een ander dier probeerde hen te doden? Zij weigerde te accepteren dat het de enige vorm was om in hun onderhoud te voorzien. De aarde produceerde vijgen, vruchten. Als zij vogels en olifanten voedde, zou zij hun een of ander zoet, weldadig voedsel moeten bieden. Ah, wat verlangde zij naar de witte bloemblaadjes van de Tuin!

Zij kwam bij de rivier en bleef staan om ernaar te kijken. Zij stelde zich een reusachtig oog voor, ver daarvandaan, dat kristalhelder water huilde. De rivier had zo veel haast en toch had hij geen ander doel dan te stromen en te stromen. Zij luisterde naar het ruisen. Misschien gingen de vogels binnen in de rivier dood en gingen zij daar door met zingen. De uitdrukkingloze, geluidloze stenen waren glad en zacht in het water. De rivier kwam van ver en verdween uit het zicht. Zij herinnerde zich dat zij vanaf de top van de berg, waar zij zich in de leegte hadden gestort, twee lange watersnoeren had gezien, die zich door het landschap slingerden en al kleiner en kleiner werden. Zij moesten ze een keer gaan volgen en zien waar zij uitkwamen.

Zij liep in de schaduw van de bomen en genoot van de geuren van de natuur. Het wemelde er van de eekhoorns, vogels, insecten. De hond snuffelde. Hij deed een plasje. Eva sprong van de kant naar een eilandje dat balanceerde op stenen die boven het water uitstaken. De hond zwom. Zij stapte ook het water in om naar de overkant te gaan. In een palmblad verzamelde zij de vruchten die haar vlezig en eetbaar voorkwamen. Op deze oever was het landschap groener, vruchtbaarder, er stonden bomen met overvloedig loof en enkele kleine palmbomen, waarin trossen dadels hingen die zij, verheugd over haar vondst, plukte. Ook vond zij hoge, gele halmen, getooid met pluimen van harde korrels, waarvan zij er een paar proefde. In de ban van een vreemde energie dwaalde zij als een hert in het rond, bekeek alles goed, niet meer als toeschouwer, maar met de duidelijke bedoeling in de haar omringende natuur te vinden wat nuttig zou kunnen zijn, wat bruikbaar voor hen was. Zij plukte bleke, lange bladeren en bond ze tot een draagtas samen. Zij verzamelde doppen, zaden, bloemen, onderzocht alles, ervan overtuigd dat zij omringd was door codes, die zij met aandacht en geduld zou leren ontcijferen. De vorige avond had zij, met de veren van de Feniks voor ogen, in gedachten een verenkleed voor haar en Adam gemaakt, maar op de grond had zij maar een paar verspreide veren gevonden.

Op de terugweg met haar kleine vracht was er een moment van verslagenheid. Bij het oversteken van de rivier naar het eilandje zou zij alles kwijtraken. In de stroom zag zij hout drijven en door twee bundels dikke, droge taken met de meegebrachte lianen vast te binden maakte zij een kleine draagbaar, waarop zij haar buit legde. Terwijl zij werkte, ging de hond in de schaduw liggen. Ten slotte bereikte Eva bibberend maar gelukkig de overkant. Zij wist dat wat zij die dag had gedaan goed was.

Hoofdstuk 13

Adam had nog meer konijnen gedood. Hij had ze gevild. Zij werd verdrietig toen zij bij haar terugkomst de opengevouwen huiden als strakke, lege silhouetten op de rotsen in de zon zag liggen. Zij vond de man slaperig in de grot, zijn ogen toegeknepen om de slaap vast te houden, de resten van het feestmaal op de grond naast het vuur, waarin stukken droog hout brandden. De kat, die bij hem lag, richtte haar kop op om haar onbewogen aan te kijken. De hond pakte een paar botten en ging in een hoek van de grot liggen.

Zij opende haar bundel vruchten en at dadels en sinaasappels.

'De aarde aan de overkant van de rivier lijkt op de Tuin. Er zijn veel bomen en vruchten. Kijk eens wat ik allemaal gevonden heb', zei zij, toen hij wakker werd. 'Je hoeft geen konijnen meer te doden.'

'Heb je gezien hoeveel ik er heb meegebracht? Met een brandend stuk hout heb ik één kant van het veld in brand gestoken en ben aan de andere kant gaan zitten. Ze kwamen aanrennen. Als je bij me was geweest, hadden we er nog meer gehad.'

Hij lachte voldaan.

'Waarom wilde je er zo veel hebben?'

'Met de huiden kunnen we ons bedekken en het zal ons niet aan eten ontbreken.'

'Ik zei je toch dat er aan de andere kant van de rivier een overvloed aan vruchten is.'

'We kunnen niet ver weg gaan. We moeten in de buurt van de Tuin wachten voor het geval de Ander spijt krijgt en van mening verandert. Kom. Kijk.'

Hij stond op en nam haar mee naar buiten naar een hoek tussen de rotsen, waar hij twee ongevilde konijnen op een schone, platte steen had gelegd.

'Ik heb deze offergave voor de Ander neergelegd. Ik wil dat hij weet dat wij dankbaar zijn voor zijn tussenkomst door de Feniks te sturen om je van het vuur te redden. Hij waakt dus nog steeds over ons. Misschien vergeeft hij ons.'

'Dat hij verhindert dat wij sterven is één ding, maar dat hij bereid is ons te laten terugkeren is heel wat anders.'

'Je hebt je al een keer vergist, toen je dacht dat het eten van de vrucht niet zo erg zou zijn. Het kan zijn dat je je weer vergist.'

'En als hij de konijnen niet komt halen?'

'Dan brengen wij ze naar hem toe. We zullen hem elke dag een offerande brengen om zijn hart te vermurwen.'

Die nacht voelde Eva dat de slaap uitbleef. In het donker zag zij de ogen van de kat zonder te knipperen glimmen en de rode gloed van het vuur, dat Adam met droog gras en droge takken voedde, zodat het niet zou uitgaan. Wreedheid begreep zij niet, maar die gaf haar een bittere smaak in haar mond. Zij sloot haar ogen. Zij dacht na over haar ongerustheid. Zij probeerde het verschil te vinden tussen het bloed dat uit haar binnenste kwam en het bloed van de konijnen. Onder haar oogleden verscheen opnieuw de zee en ook het lange, stille strand, waar de golven hun eindeloze lied zongen. Op de verre rotsen zag zij een figuur. Zij dacht dat het Adam was en liep naar hem toe. Het gezicht van een ander die was zoals zij verraste haar. Meer nog dat zij haar kende en haar naam wist. Anders dan zij, nauwelijks bedekt door het enige ruwe, gescheurde vel dat haar tot kleding diende, was de vrouw gehuld in een verenkleed, dat soepel over haar contouren viel. Eva hoorde dat de ander met haar praatte, maar de wind voerde haar woorden mee. Zij wilde naar haar luisteren en ging naar haar toe, waarbij zij de weerstand probeerde te overwinnen van de lucht, die wittig en dicht was geworden. Haar mond vulde zich met zout, maar zij gaf niet op. Zij wilde weten wie die vrouw was die op haar leek en die plotseling in haar eenzaamheid was verschenen. Eindelijk slaagde zij erin aan de lucht, die haar vasthield, te ontkomen en viel zij boven op de vrouw. In de omarming loste het haar aankijkende gezicht op. Toen zij haar evenwicht had hervonden, was zij alleen op het strand, zat zij op de plek van de andere vrouw, in haar verenkleed, en keek naar de zee.

'Adam, waar gaan wij heen wanneer wij slapen? Wie zijn die anderen als wij, die in onze dromen leven? Vannacht zag ik een ander als ik, op het strand. Misschien is zij daar. We zouden haar moeten gaan zoeken.'

Hij droomde van anderen zoals hij, zei Adam. Dat wilde niet zeggen dat ze bestonden. Dromen waren wat zij wilden zien.

Hij ging naar buiten om te kijken of Elokim de konijnen had meegenomen. Op de steen lag niets meer, maar op de steile rots boven op de enige berg zaten twee grote gieren op de uitkijk. Hij holde weg om de huiden weg te halen, die hij te drogen had gelegd, in de veronderstelling dat het niet Elokim was geweest die zich over zijn offergave had ontfermd.

'We zullen ze naar de Tuin brengen', zei hij toen hij terugkwam.

Eva liet hem de sinaasappels en de dadels proeven. Hij at langzaam, genoot van het zoete sap en het vruchtvlees. Zij verzamelde de zaden om die later in de grond te stoppen, zodat ze, net als de vijgenbomen, ook bomen zouden worden. Zij haalden droge takken om het vuur op te stoken. Adam nam een bundel offerkonijnen over zijn schouder en zij gingen op weg naar de Tuin.

Het was warm. In de verte was de hemel grijs, vol rook, alsof de andere helft van de Aarde, de helft die zij niet konden zien, in brand stond. Zij herinnerden zich beelden van hun eerste dagen: woelingen en schijnsels, waarnaar zij hadden gekeken zonder zich ongerust te maken. De tekens van onheil en het gerommel dat de bodem onder hun voeten deed schudden, joegen hun nu angst aan. Eva kwam naast Adam lopen. Wat zou daar zijn, ver weg? vroeg zij. Zij betwijfelde of ze ooit zouden weten wat de verte herbergde. Adam trok haar tegen zich aan. Zij was kleiner, haar lichaam teerder. Hij vroeg zich af waarom. Hij vroeg zich af of zij gelijk had met de gedachte dat zij bij hem was om hem tegen zichzelf te beschermen. Hij was vaak bang haar alleen te laten. Hij was bang voor haar manier van dromen, dat zij bij hem wegging zonder zich te bewegen. Hij verwonderde zich over haar ogen, die tekens zagen die aan hem voorbijgingen en over haar huid, die, net als bij het reukvermogen van de hond en de kat, waarnam wat er ging gebeuren. 's Nachts, wanneer hij haar zag slapen, had hij vaak zin haar wakker te maken en haar pijn te doen. Hij ontkwam er niet aan wrevel te voelen door de bijzondere manier waarop zij, anders dan hij, met de aarde verbonden was, als een boom zonder wortels. Het verbaasde hem dat zij nauwelijks had betreurd dat zij van de vrucht gegeten had. Zij hield vol dat niet zij het was geweest, maar de Ander, die het zo had beschikt, en zij weigerde haar deel van de schuld te aanvaarden, de gevaarlijke drang van haar nieuwsgierigheid. Zij zou hun nog steeds risico's kunnen laten lopen als zij bleef aandringen van de Tuin weg te gaan met het argument dat zij er nooit zouden terugkeren. Hij legde zich daar niet bij neer. Meer dan voor al het onheil en het onbekende was hij bang voor zichzelf, voor wat hij bereid was te doen om in deze vijandige omgeving te overleven. Hij was bang voor de honger en voor de wreedheid waarmee hij de konijnen de een na de ander doodde door ze met een steen de kop in te slaan. Je moest wreed zijn om te doden. Daarin vergiste zij zich niet.

Zij kenden de weg naar de Tuin op hun duimpje en daarom konden zij in hun binnenste wroeten, terwijl hun voeten hen door het veld voerden, waarin het goudkleurige koren hoog opschoot, zonder dat zij nog weet hadden van het brood dat de graankorrels in zich droegen.

De uit de verte meegevoerde rook deed het daglicht verbleken en de contouren van het landschap vervagen. Zoals hun altijd overkwam wanneer zij bij de Tuin kwamen, trok droefheid door hun benen omhoog en slingerde zich als een klimplant om hun lichaam. In hun geheugen verhevigde het heimwee de kleur, het gewicht en de geur van hun herinneringen.

Deze keer merkte Adam de veranderingen als eerste op. Eva liep met haar hoofd omlaag, in zichzelf gekeerd om de walging te onderdrukken die de geur van de dode konijnen in haar opwekte. De toon van zijn stem maakte dat zij haar hoofd ophief.

'Hij verdwijnt, Eva, hij verdwijnt!' riep hij wanhopig uit.

Eva keek. Zij dacht dat zij neer zou vallen toen de verbazing van haar ogen zich bij het onbehagen van haar lichaam voegde. Zij wankelde even. Adam schoot toe en ondersteunde haar. Op hem leunend zag zij een brede lichtbundel, waarin de afgrond als opgezogen door een geweldige kracht zich sloot, de aarde zich weer samenvoegde, maar alles wat Tuin was begon op te stijgen en zich in een stralende wasem op te lossen, alsof een verborgen zieden uit de diepte opsteeg en bomen, orchideeën en klokbloemen liet verdampen. Gewassen werden langwerpige silhouetten en trokken verticale, groene strepen naar de hemel, waarin ijle schakeringen rood, blauw, violet en geel trilden, alsof de Tuin ineens toegaf aan een onduidelijke roeping om regenboog te worden. De stammen van de bomen, de struiken, alles wat dichter bij de grond stond behield zijn vorm, maar het majestueuze takkenstelsel van de Boom der Kennis van Goed en Kwaad evenals het gebladerte en de kleurenpracht van de boomtoppen scheidde zich van de bodem en creëerde zo het effect van een tegengestelde regen, die vibrerend, trillend in alle tinten groen opsteeg. Het was alsof je het beeld zag van een vijver die iemand vanuit de hemel rustig en zachtjes optilde.

Eva deed haar ogen dicht en weer open om zich ervan te overtuigen dat wat zij zag niet uit haar flauwte voortkwam. Zij kende het woord 'vaarwel' niet, maar voelde het. Zij dacht dat zo de dood zou zijn, die hun beloofd was. Het landschap, de kleuren zouden oplossen, de oorspronkelijke plek van hun herinneringen zou ophouden te bestaan, je zou weerloos, onbeweeglijk worden, alleen en machteloos zien verdwijnen wat er was of had kunnen zijn.

Woede steeg in haar op tegen een zo wrede opzet.

Maar misschien was het tijd dat de Tuin verdween en dat ze eens en voor al de werkelijkheid accepteerden waarvoor zij waren gemaakt en waarin zij zouden moeten leven. In al haar verbittering voelde zij de helderheid van Elokims denken, dat zich in haar eigen denken ontvouwde: zij waren niet het begin, maar het volmaakte einde, dat hij had willen zien voordat hij besloot aan hen hun vrijheid te geven. Op een dag zou hun nageslacht de terugreis naar het Paradijs ondernemen. Eva zag de knoop van haar buik zich losmaken, zich schakel voor schakel van haar verwijderen: eenvoudige wezens, die zich een weg banen, hindernis na hindernis overwinnen, het door haar in hun geheugen gegrifte landschap meedragen en naar de ijle klaarheid van de Tuin proberen terug te keren. Zij begreep de drang en de hoop, in haar opgewekt door de glimp van verwarde beelden van mensenmassa's die zij nog niet in staat was te ontcijferen. Zij had de tastende zoektocht van haar nageslacht gezien, de cirkelgang die zij moesten gaan tot zij de omtrekken van de bomen zouden zien waaronder zij haar eerste ademtocht had ingezogen. Zij wenste het volmaakte stukje grond voor haar en Adam te kunnen behouden, dat voor altijd met zijn beschuldigende vinger naar haar zou wijzen. Zij begreep dat het weinig zin had zich onschuldig te verklaren. Ook haar schuld maakte deel uit van de bedoelingen van Elokim en de Slang.

Zij kwam bij. Adam schudde haar door elkaar.

'Je had gelijk', kreunde de man. 'Hij is bezig het te vernietigen. Wij zullen nooit terug kunnen keren, van de Boom des Levens eten.'

De man legde zijn armen om zijn buik, snikkend, ontroostbaar. Hij had de zekerheid gekoesterd dat zij naar de Tuin zouden terugkeren. Nu hij had gedood, joeg de dood hem vrees aan. Iedere nacht nam zijn angst toe.

Toen hij wakker werd, betastte hij zichzelf, vulde zijn longen om zich van de lucht te vergewissen, van de geur van de aarde, van Eva's aanwezigheid naast hem. Hij was dankbaar voor het licht, het vocht van zijn ogen, de stevigheid van zijn huid, zijn spieren en zijn botten, zelfs voor de dierlijke functies, waarvan hij in het begin een afschuw had gehad. En nu dwong Elokim hem het einde van zijn begin te aanschouwen. Net als de kronen van de bomen, zo zouden ook zijn leven, Eva's leven, alle in zijn herinnering bewaarde beelden van de zee, de rivier, het vuur of van Feniks oplossen.

Zij hoefden niet te overleggen om te weten dat zij daar zouden wachten tot de Tuin geheel was verdwenen. Onthutst bij de aanblik hiervan gingen ze tussen een paar rotsen zitten, heen en weer geslingerd tussen verbazing en ontsteltenis. De kleurstrepen schommelden in de wind en vielen in verticale lijnen van wisselende kleuren uiteen; vanuit de kronen van de bomen zwermden vogels de lucht in en verspreidden zich in alle richtingen, man en vrouw Feniks vlogen weg naar de zon. Hun prachtige, goudgeel en rood glanzende vleugels gloeiden in de verte op en zetten de lucht in vuur en vlam. Eva had de duidelijke gewaarwording dat de tijd stilstond. Zij wist niet of het kwam doordat alles met een duizelingwekkende snelheid gebeurde, terwijl zij en alles om hen heen de adem inhield. Zelfs de door de dode konijnen aangetrokken insecten leken bewegingloos in de lucht te zweven. De bewegingen van Adam, die ze met een bundel korenhalmen wegjoeg, leken haar van een tergende traagheid.

'Eva, denk je dat we er nog een laatste keer in kunnen gaan? De afgrond is dicht.'
'Van de Boom des Levens zijn alleen de wortels over. Elokim zal weten dat we er niet meer van kunnen eten en dan eeuwig leven', antwoordde zij.

'Ik wil niet sterven.'

'Wat deden de konijnen wanneer je ze doodsloeg?'

'Ze verzetten zich, maar daarna lagen ze stil.'

'Misschien is dat alles: je verzetten en dan stil blijven liggen.'

'En daarna, is er dan een andere Tuin?'

'En wat moeten we daar doen, met de kennis van Goed en Kwaad die wij hebben gekregen?'

'Ik weet het niet, Eva. Ik weet het niet. Zullen we nu proberen weer de tuin in te gaan? Ik zou graag naar binnen willen.'

Voorzichtig liepen zij verder. Zij waren bang dat de vuurzweep hen zou opjagen. Van de Tuin was weinig tastbaars overgebleven. Zij werden door niets tegengehouden, liepen dwars door de silhouetten van bomen en planten heen. In de weerkaatsing van de lucht duurden nog bepaalde geuren en zelfs de zang van vogels voort. Enkele momenten hechtte de geur zich als schuim aan hun huid. Ook de Tuin nam afscheid, likte hen als een hond.

Op de plek waar Adam zich herinnerde dat hij met Eva naast zich wakker was geworden, vond hij drie plantjes, waarvan de wortels nog in de grond zaten. Voorzichtig maakte hij ze los om ze mee te nemen en te planten met het idee dat hij in hun schaduw de illusie zou kunnen koesteren weer in het Paradijs te zijn.

Zij gingen naar het midden, de plek van de Boom des Levens en de Boom der Kennis. De kleurbundels verhieven zich al boven hun hoofd en vormden een dichte streng intens, heldergroen licht. Mooi, dacht Eva. Schoonheid. Zo heet dat. Zij was blij dat zij het juiste woord had gevonden. Zij had het meer dan eens gezocht in de wereld van haar verbanning, die haar geleidelijk in zijn ban had gekregen met zijn heftige zonsondergangen, zijn vlakten en rivieren. Schoonheid verscheen wanneer het oog haar wist te herkennen. Misschien bestond zij wel tot in de dood. Misschien was die zo slecht nog niet. Zij schudde haar hoofd, bekeek haar handen. Het haar en de nagels waren gegroeid. Hoelang zouden hun levens buiten de eeuwige tijd van de Tuin duren?

Hoofdstuk 14

Moedeloos liepen zij langzaam terug naar de grot. De Tuin was al lange tijd ontoegankelijk voor hen. Maar zij wisten waar hij lag. Zij konden hem zien, al was het uit de verte. Die wetenschap was een vreemde troost. Hij was hun vertrekpunt, hun oorsprong. Door het verdwijnen van de Tuin waren zij nu overgeleverd aan de bewaarde beelden, aan herinneringen, die zij in de loop van de tijd met hun dromen zouden gaan verwarren.

Adam liep voorop. Verzonken in haar overpeinzingen bleef Eva steeds verder achter. Opnieuw herinnerde zij zich de woorden van de Slang: 'Hij verveelt zich, schept planeten, gesternten en dan vergeet hij ze.'

Zij had nog maar net aan haar gedacht of zij hoorde haar sissende stem roepen. Zij wierp een stofwolkje op. De Slang gleed haastig naar haar toe.

'Hij heeft je niet meegenomen. Heeft hij jou ook in de steek gelaten?' vroeg Eva.

'Hij wil alleen zijn. Ik geloof dat hij bedroefd is. Maar hij is er zelf verantwoordelijk voor. Hij schept zijn eigen illusies. Hij heeft jullie wel naar zijn evenbeeld en gelijkenis gemaakt, maar hij durfde jullie niet meer vrijheid te geven dan het kennen van jullie grenzen; maar ik moet zeggen dat ik hem, afgezien van mij, met weinigen zo veel van zijn macht heb zien delen. De Aarde is nu van jullie. Jullie kunnen haar nu herscheppen, Goed en Kwaad definiëren zoals het jullie goeddunkt.'

'Zoals het ons goeddunkt?'

'Hij is niet hier. Hij zal niet elke dag leven zoals jullie leven, hij zal jullie niet de hele tijd iets kunnen influisteren.'

Eva verzonk in gepeins.

'Wij zullen Goed en Kwaad moeten leren herkennen. Wij hebben de vrucht van de boom gegeten.'

'Juist.'

'Dieren eten, ze doden, is dat goed of slecht?'

'Dat Adam honger heeft, is dat goed of slecht?' zei de Slang ironisch.

'Hij zou andere dingen kunnen eten.'

'Hij denkt dat het niet goed is alleen vruchten en noten te eten. Het stilt zijn honger niet.'

'Andere dieren doden ook. De kat en de hond.'

'En zij weten niets. Goed en Kwaad zijn uitersten. Die twee liggen ver uiteen.'

'Je brengt me in de war.'

'Het is verwarrend. Het is de zoektocht die jij wilde ondernemen.'

'Voor mij is doden om te eten niet goed.'

'Doe het dan niet. Overtuig Adam.'

'Ik heb het geprobeerd, maar hij zet door.'

'Zet jij dan ook door.'

'Dat zal niet helpen. De honger dringt aan en is punctueel. Als de zon en de maan.'

'Zie er dan van af. Oordeel niet over hem.'

'Maar dat zal gevolgen hebben.'

'Jij besloot van de boom te eten. Dat had ook gevolgen. Ga nu. Je bent ver achtergebleven, Adam zoekt je. Hij maakt zich ongerust wanneer hij je niet ziet.'

Terug in de grot rolde Eva zich op in een zware droom, die haar vele dagen achtervolgde. In haar wereld zonder verleden en zonder herinneringen volgden haar dromen elkaar op zonder ooit dezelfde te zijn. Elokim, de Slang, de Feniks, de konijnen, de sinaasappels, de dadels, de zee, de dood; eten en naakt in elkaar te zijn. Adam wilde niet dat haar zwaarmoedigheid zich aan zijn huid hechtte. Hij liet haar slapen en was bezig. Aan de oever van de rivier zocht hij planten met dunne, buigzame stengels. Met doorns van een struik maakte hij gaatjes in de droge konijnenvellen en trok de plantenvezels er om en om doorheen tot hij een bedekking had tegen de intense pijn die hij voelde wanneer hij zijn geslachtsdelen aan iets stootte. Om de huiden zachter te maken weekte hij ze een paar dagen in modder. Hoe viezer de modder des te zachter werden ze, merkte hij. Met de zachtste vellen naaide hij voor Eva iets wat haar schouders, haar borsten en haar geslacht bedekte. Hij ving meer konijnen, bangige fazanten. Hij ging de rivier in om vissen te vangen, maar zij gleden uit zijn handen. Hij haalde eieren uit de vogelnesten. Hij volgde de loop van de rivier stroomafwaarts, stak over bij het eilandje en verkende het bos, waar Eva sinaasappels en dadels had gevonden. De vrouw at weinig. Zij droomde hardop en haar maag gaf bijna alles terug wat hij haar aanspoorde te eten.

Het vuur en de geur van vlees trokken andere dieren aan. 's Nachts blafte de hond en hoorde hij buiten dreigend gegrom en gesis. Eva wilde het niet zien, maar er waren al veel dieren die hun honger stilden door elkaar op te eten. Adam zocht stenen, die hij sleep en waarmee hij gaten in de grond groef. Zo zette hij voor de ingang van de grot een paar rijen staken om onwelkome bezoekers de doorgang te beletten. Het verbaasde hem in zichzelf het antwoord te vinden op de raadsels waar de behoefte hem voor stelde. Hij bond de geslepen stenen aan lange stokken om zijn kracht te vergroten en probeerde er jonge hertjes mee te vangen. Hij achtervolgde ze met Kaïn, maar ze waren hem te snel af.

De volle maan kwam 's avonds weer op, maar Eva bloedde niet.

'Mijn lichaam verandert, Adam. Kijk mijn borsten: als ik erop duw, komt er wit vocht uit mijn tepels. En moet je zien hoe groot en zwaar ze zijn geworden. En ik heb erg veel slaap en wat ik eet bederft in mij.'

Adam ontweek er met haar over te praten. Hij wendde voor niets te zien van waar zij hem op wees. Wat hij zag maakte hem bang en hij had er geen verklaring voor.

'Je bent je energie kwijt omdat je zo veel slaapt. Kom morgen met mij mee naar buiten. Het zal je goed doen in de rivier te zwemmen. We zullen proberen een vis te vangen of we gaan weer naar de zee om oesters te zoeken.'

Hij liet haar het kleed zien dat hij voor haar had genaaid. Zij stond op. Ze was vuil. Ze stonk. Het haar verward. Zij dacht aan het weke vlees van de oesters en kreeg honger. Hij had het vuur brandend gehouden. Hij veranderde ook, dacht zij. Hij klaagde niet meer, had geen verwachtingen meer. Zonder de mogelijkheid van de Tuin keerde hij zich tot de vaardigheid van zijn handen en tot zijn eigen intuïtie.

'Je bent druk in de weer geweest', lachte zij.

'Ik ben aan de andere kant van de rivier geweest. We kunnen er samen naartoe gaan, als je wilt.'

'Ik wil in de rivier zwemmen, maar ik zou liever naar de zee gaan.'

Hij gooide hout op het vuur. Hij deed de stenen, die hij was blijven slijpen, in een soort zak, die hij van een konijnenvel had gemaakt. Sommige stenen waren heel geschikt om mee te snijden, zei hij. Zij gingen op weg. Adam kon haar niet zeggen hoelang zij had liggen sluimeren. Hij zei haar dat hij vele nachten had doorgebracht met wachten tot zij terugkeerde van waar zij ronddoolde. Intussen was de lucht koud geworden en vielen de boombladeren geel en droog op de grond. Misschien zou alles wat zij zagen spoedig vaag worden en zich net als de Tuin oplossen. Het landschap zag er in ieder geval vager uit. Het groen verbleekte en het zonlicht viel kalm en zacht op hen neer.

'Wat doen de dieren? Heb je ze gezien?'

'In de verte. Ze komen wel dichtbij, maar alleen 's nachts. Dan hoor ik ze buiten de grot ademen. Ik hoor ze, maar ik versta ze niet.'

'Maakt het je bang?'

'Ik ben bang dat zij eraan denken mij op te eten, net als ik over hen denk. Als ik een groter dier te pakken zou kunnen krijgen, zou ik niet elke dag op konijnen of fazanten hoeven jagen. Het wordt iedere keer moeilijker, omdat ik denk dat ze de listen doorhebben waarmee ik ze probeer te vangen.'

'Ik weet niet hoe je het doet. Vind je het fijn te voelen dat je sterker en slimmer bent?'

'Het is zo dat ik raad wat ik moet doen en dat verbaast me. Ik sta voor een moeilijkheid en na een tijdje nadenken weet ik opeens hoe ik het moet oplossen. Ik zie de mogelijkheden, ik probeer ze en één ervan werkt altijd.'

'Dan is er meer dan alleen doden dat je beweegt.'

'Doden! Daar gaat het niet om. Het gaat om overleven. Ik ben kleiner dan veel dieren, maar ik ben in het voordeel, omdat ik hun bewegingen kan voorzien. Zij hebben geen verbeelding. Meer dan woorden is dat, denk ik, wat ons van hen onderscheidt. Dat en verdriet, Eva. Het doet pijn wanneer ik aan de dieren denk die mij in de Tuin vergezelden en ik besef dat ik er nu alleen aan denk ze op te eten. Je hebt het verkeerd als je denkt dat ik het er niet moeilijk mee heb.'

'Buiten de grot is het koud, Adam. Denk je dat de zon uitgaat?'

'Ik denk dat met het verdwijnen van de Tuin de wereld bedroefd is. Ik hoop dat de zon niet uitdooft. We zullen Elokim meer offergaven moeten brengen, zodat hij medelijden met ons krijgt.'

Zij kwamen bij de rivier. Het groen van de begroeiing langs de oevers was nog even intens. Het water was donkerder en erg koud. Eva ging in het gras zitten en begon erop te kauwen. Kauwen, eten, spoedig zou ook zij zwichten voor de behoefte, de honger. Zij zou niet langer over Adam oordelen, zoals de Slang aanraadde. Wat was erger, honger of de dood? Haar botten zweefden in haar lichaam en waren onzichtbaar onder haar huid. Zij kon de bogen van haar ribben zien, de knoppen van haar heupen, haar knieën; alleen haar buik werd dikker. Er zat voor haar niets anders op dan zich erbij neer te leggen net als de andere dieren te bestaan, die elkaar opaten. En toch waren er heel veel die alleen maar graasden. Maar zij kon niet de hele dag gras eten, zoals zij deden. Haar maag verdroeg dat niet. Het groene braaksel was bitter en onvermijdelijk na het eten van de stengels en de bloemen, die Adam voor haar meebracht, omdat het was wat hij herten, gazellen en schapen zag eten. Zij stond op en liep naar de rivier. Langzaam liep zij het water in. Met de armen over haar borst gekruist hield zij haar adem in en liet zij zich in het ijskoude water zakken. Het was een scherpe, bijna pijnlijke, maar tegelijkertijd aangename gewaarwording. Haar lichaam trok zich in zichzelf terug, maar ontwaakte ook, haar bloed stroomde sneller. Zij duwde zich af met haar voeten en handen en zwom een stukje. Haar lange haren dreven om haar heen. Een zilverkleurige vis kwam naderbij en begon tussen de donkere haren door te zwemmen, alsof het een onderwaterplant was. Andere visjes volgden. Eva zag zich opeens omgeven door een zwerm glanzende vissen, die onbevreesd bij haar kwamen en langs haar huid gleden. Zonder erbij na te denken tilde zij haar hand op en streek zij een van de grotere vissen over de rug. Hij liet het toe en nadat hij een rondje had gezwommen kwam hij terug voor meer streling. Zij probeerde er een met haar hand te pakken en de vis bleef rustig in haar vingers zitten. Ze boden zich aan haar aan. Ze wilden door haar gevangen worden. Zij keek op en zag Adam op de oever naar haar gebaren om haar aan te sporen de vissen te pakken en naar hem toe te gooien.

Zij zocht de grootste uit en greep hem in het midden beet. Met een snelle beweging wierp zij hem in de richting van Adam en vermeed na te denken, het gespartel van het dier te voelen. De vissen bleven langs haar glijden, alsof zij wilden dat zij hetzelfde met hen deed. Zij pakte er nog een, gaf hem aan Adam. Dat deed zij vier, vijf keer. Zij bibberde van de kou, was ook geroerd door het stille, zachte ritueel van de vissen, die zich aan haar overleverden alsof ze wisten dat zij ze nodig had.

Adam had het geheim van het vuur geleerd. Hij bracht droge takjes bijeen en dan wreef hij twee stenen een tijdlang tegen elkaar tot het vonkje oversprong en het vuur ontbrandde.

Eva bekeek de vijf dode vissen. Zij zag hun open ogen. Zij pakte er een in haar hand en praatte ertegen, vroeg om vergeving. Met afwezige blik begon zij daarna met haar nagels, die lang en scherp waren geworden, de schubben af te schrapen en gaf ze aan Adam.

Met dichte ogen at zij het witte vlees. Het was zacht, zoet, als de bloemblaadjes in het Paradijs.

Hoofdstuk 15

Langzamerhand kwam Eva weer op krachten. Van paddestoelen met verfijnde hoeden, die in de dichte begroeiing langs de kanten van de rivier groeiden, kreeg zij het idee plantenvezels aan elkaar te knopen en een net te maken om vissen te vangen. Wanneer zij ze at, probeerde zij niet aan hun snelle vinnen in de stroom te denken. Om zich niet schuldig te voelen, hield zij zichzelf voor dat waterdieren niet dezelfde soort dood ondergingen als de dieren op het land. Zij stelde zich voor dat ze met de meegaandheid waarmee zij hun leven in stilte zwevend en drijvend doorbrengen, van de ene staat in de andere overgingen. Zij droomde dat de vissen die zij at een wijkplaats vonden in haar steeds maar groeiende ronde buik en daar rondzwommen.

Zij wilde terug naar de zee. De herinnering aan de oesters, de gedachte de in dromen ontwaarde vrouw te ontmoeten, het rustige geluid van de omrollende golven, het verlangen alleen rond te dwalen zonder dat de man erop stond met haar mee te gaan, namen bezit van haar geest. Op een ochtend wachtte zij tot Adam wegging en begon zij te lopen.

Zij vond het fijn dat alleen haar gedachten met haar mee gingen. Zij verliet de grot en keek omhoog naar de berg, die woest en steil tot de top boven haar omhoogrees, met de doornstruiken, die nu nog de herinnering aan de schrammen in haar huid opriepen. Terwijl zij omlaagliep, zag zij in de verte op de vlakte een kudde kleine dieren met lange nekken en hoorntjes op hun kop. Geiten, dacht zij. De schepsels van de Tuin hadden zich verspreid. Adam zei dat hij olifanten, giraffen en zebra's achter de horizon had zien verdwijnen, alsof iemand hun ten slotte had gezegd waar zij heen moesten gaan. Sommige dieren verdwenen en andere kwamen terug na de wilde vlucht van de eerste dagen. Sommige lieten zich zien, andere slopen rond, zoals Adam, op jacht naar kleinere of minder wilde dieren. Zij dacht aan de hyena's, maar zette ze uit haar hoofd om zichzelf niet bang te maken. Aan het eind van de vlakte staken de bergen helder af in de kalme dag. Het dichte groen glansde mooi langs de oevers van de rivier. Om bij de zee te komen zou zij door een lager gelegen bos moeten, dan een heuvel op en een vlak, verlaten veld moeten oversteken, waarin groepjes palmbomen groeiden. Met een beetje geluk zou zij tegen de avond terug zijn bij de grot.

Zij liep door open terrein om de berg heen tot zij het bos in ging. Het liep steil omlaag. Zij probeerde de heuvel aan de andere kant, vanwaar zij de zee zou kunnen zien, niet uit het oog te verliezen, maar algauw zag zij zich omringd door hoge bomen en dicht gebladerte. In tegenstelling tot de Tuin, waar het altijd licht was, werd het zonlicht in de laagte van het bos hier en daar een halfduister. Er hing een vochtige geur, bladeren knisperden onder haar voeten, insecten vlogen op en diertjes gingen haar ritselend uit de weg. Zonder haast hield zij stil om op haar gemak een duizendpoot te bekijken, een hagedis, een schildpad met oranje schild. Zij vroeg zich af hoeveel eeuwigheid Elokim nodig zou hebben gehad om dit alles te scheppen, of hij aandacht aan de details zou schenken of dat de schepsels die hij bedacht, eenmaal gevormd, er zelf voor zorgden de beste manier te vinden om op zo verschillende plekken te leven. Het verbaasde haar dat zij in de Tuin die vragen nooit had gesteld. Het drong tot haar door hoe gedwee zij alles wat er bestond toen had geaccepteerd, zijzelf deel van een schoonheid die geen vragen stelde.

Zij dacht dat zij lang genoeg had gelopen om bij de heuvel te zijn, maar zij bleef maar van het halfduister naar een open plek en van de open plek naar het halfduister gaan. Zij probeerde de plaats te bepalen waar zij omlaag was gegaan, en berekende dat zij op zijn minst halverwege moest zijn. Zij keek om zich heen. Zij meende bepaalde bomen te herkennen door de klimplanten die op de stammen groeiden, maar zij besefte dat die indruk bedrieglijk was en dat de bomen zich in elkaar weerspiegelden, zoals een van die dromen die steeds weer in een kringetje om hetzelfde draaiden. Zij keerde op haar schreden terug met het idee dat zij haar voetsporen zou vinden, maar die gingen algauw verloren. Zij verloor de moed niet. Zij zei tegen zichzelf dat zij alleen maar in één richting hoefde te lopen zonder daarvan af te wijken en dan zou zij uit het bos komen. De laagte was niet erg uitgestrekt en op een bepaald moment moest zij eruit tevoorschijn komen. Zij liep door zonder halt te houden. Een paar keer dacht zij dat zij de bosrand naderde, maar nee. Zij was de weg kwijt, dacht zij, boos op zichzelf. De boosheid ging over in angst en droefheid, toen zij, na herhaalde pogingen de gelopen weg terug af te leggen of een andere richting in te slaan, zag dat het donker begon te worden. Zij had honger en dorst. Zij zag een hoge, dikke boom vol kleine vruchten. Zij plukte er een paar. Zij legde ze op de palm van haar hand en herkende ze. Het waren vijgen. Kleiner en geler dan die uit de vijgenbomen bij de grot of in de Tuin, maar toch vijgen. Zij ging aan de voet van de boom zitten. Zij zou uitrusten, bedacht zij. Wat uitrusten en wat eten. Wat zou Adam doen wanneer hij haar niet aantrof? Wat zou zij doen als het haar niet lukte hier weg te komen? De geluiden namen toe naarmate het donkerder werd. Cicaden, krekels lieten hun lang aangehouden avondzang horen. Zij hoorde het schorre geluid van padden en voelde het ontwaken van nachtvlinders. Misschien zou zij hier de nacht moeten doorbrengen om op de volgende dag te wachten. Als zij er tot nu toe niet in geslaagd was uit het bos te komen, hoe zou zij dat dan in het donker moeten doen? Opeens hoorde zij een groot kabaal en zag zij van alles in de bomen bewegen. Er verscheen een troep apen. Ze slingerden zich door de takken en geleidelijk kwamen ze tot rust om zich aan de vruchten te goed te doen. Eva zag dat het niet de fijngebouwde en lenige aapjes met bleke gezichtjes waren die zij op de verkenningstochten met Adam zag en die haar aan spinnen deden denken, misschien door het beeld dat ze bij haar opriepen wanneer ze tussen de takken schommelden. Deze waren groot, met een brede rug en lange armen. Zij zag hun glanzende ogen, want zij keken ook naar haar.

Vreemd, dacht zij. Zij herinnerde zich niet dergelijke dieren in de Tuin te hebben gezien.

Na een pauze met veel geschreeuw werden ze het eens en kwamen ze de een na de ander dichterbij. De dapperste kwamen uit de boom en gingen stil om haar heen zitten. Eva was onder de indruk van hun expressieve, bijna menselijke gezichten en van de vriendelijke ogen, waarmee zij haar nieuwsgierig aankeken. Zo had zij zich nog nooit door welk dier ook bekeken gevoeld. Een van de apen, de grootste en degene met het meeste gezag, kwam naar haar toe. Zij lachte naar hem zonder te weten wat zij moest doen. Zij voelde geen angst, wel fascinatie voor wat het dier van plan was. De aap richtte zich op en stak een van zijn armen uit tot hij met zijn lange, gerimpelde hand zachtjes het haar aanraakte, dat over haar gezicht viel. De andere begonnen te springen en gilletjes te slaken.

De aap die haar had aangeraakt pakte haar bij de hand. Hij wilde dat zij met hem in de boom klom. Zij schudde van nee. Had hij haar voor een van hen aangezien? Verrast probeerde Eva door gebaren met hem te communiceren en gaf zij aan dat dit niet haar manier was om zich in de wereld te bewegen. Zij kon alleen lopen en wist niet hoe zij hier weg moest komen. De aap keek aandachtig naar haar. Zij draaide zich om om hem te laten zien dat zij geen staart had en gebaarde om duidelijk te maken dat zij niet in bomen kon klimmen. Na een poosje klommen verschillende van hen weer omhoog en gingen op de takken zitten. Ten slotte gingen ze allemaal weg. Duisternis viel al over het bos toen zij weer alleen was. Wat later, toen zij in de nacht berustte en zich tegen de boom had gevlijd, voelde zij dat er vijgen naar haar werden gegooid en zag zij de aap, die haar eerder had aangeraakt, heel dicht bij haar komen. Hij sprong op en neer en streek met zijn handen over zijn kop, terwijl hij kreetjes liet horen alsof hij haar iets wilde zeggen. Zij zag hem van de boom weglopen en op handen en voeten tussen de bomen bewegen. Hij keek naar haar en maakte gebaren. Het duurde even tot de vrouw hem begreep, maar toen stond zij op en begon achter hem aan te lopen.

Het was ver in de nacht toen zij de grot in het maanlicht in het oog kreeg. Zij trof Adam bij het vuur. Hij was schor van het schreeuwen, van het haar steeds maar roepen. Hij had haar bij de rivier gezocht, bij het spoor dat de Tuin had achtergelaten en hij was nog maar net terug in de grot in de hoop dat zij teruggekomen was.

'Ik heb geprobeerd naar de zee te gaan. Ik wilde hem zien', zei zij.

Zij vertelde hem hoe zij de weg was kwijtgeraakt, haar pogingen om terug te keren en haar ontmoeting met de apen.

'Een van hen heeft mij de weg gewezen. Hij bracht mij naar de rand van het bos. Daar liet hij mij alleen, alsof hij mij begrepen had. Denk je dat hij mij begreep, Adam?'

'Ik weet het niet, hoor', zei Adam en hij nam haar in zijn armen.

Hij sliep in met zijn oor op Eva's buik, haar benen omklemmend en met de gedachte dat hij geen ander Paradijs wilde dan zo tegen haar aan liggen, luisterend naar die zee die in haar binnenste groeide en waarin hij meende de zang van dolfijnen te horen.

Hoofdstuk 16

Eva was bang dat die binnenzee haar onder water zou zetten. Haar schepsels werden steeds onrustiger, klopten op de wanden van haar buik of verdrongen zich onder haar ribben. De ronde maan van binnen bleef maar groeien. Het bewegen met het gewicht dat zij meedroeg werd steeds ongemakkelijker. Zij vroeg zich af of zij op een bepaald moment tot stilstand zou komen, veroordeeld tot een bestaan als groteske plant, die zich herinnerde een vrouw te zijn. Zij wist niet wat zich in haar buik bewoog en ook niet of het een voorbijgaande of een definitieve toestand was. Haar grootste vrees was dat zij op een dag een zeemonster zou uitbraken, een nieuwe soort die haar en Adam zou opvreten, zodat alleen hij deze wereld zou bewonen, waar je om te overleven misschien meer wreedheid nodig had dan waartoe zij in staat waren.

'Ik heb andere dieren gezien die net zo opgezwollen waren als jij, Eva. Je bent niet de enige. Geiten zijn ook zo. Ik heb ook een wolvin gezien. Iets zal er wel uit je komen.'
    'Konijntjes', lachte Eva. 'Alleen konijnen maken meer konijnen. Zijn wij ons soms aan het vermenigvuldigen, Adam? Is het onze weerspiegeling die in mij wordt geweven? Soms denk ik dat ik vol water zit en dat alle vissen die wij hebben gegeten naar buiten komen en ons opeten.'
    'Ik ben nooit klein geweest, jij ook niet. Onze weerspiegeling zou niet in jou passen.'
    'Er zijn kleine konijntjes. Later groeien ze. Wat in mij zit beweegt.'
    'Het zullen witte bloemblaadjes zijn of vissen om degene te voeden die verschijnt wanneer wij slapen.'
    'En jij, Adam, voel jij niets?'
    'Ik ben ongerust, Eva. Ik vraag mij af of wij ooit iets anders

zullen doen dan bedenken hoe geen honger te hebben en niet van kou te sterven. Ik kan nergens anders aan denken.'

In de wereld van de winterkoude zag Adam zich gedwongen af te gaan op de prooien die andere dieren achterlieten en met de gieren om de resten te strijden. Soms vond hij tot zijn verbazing complete stukken vlees tussen de botten. Hij stelde zich voor dat de grote vleeseters, tijgers, beren, leeuwen, in de stilte van hun geheugen nog steeds de band bewaarden die hij in de Tuin met hen gesmeed had en dat dit hun manier was om hem te tonen dat niet alles vergeten was. Hij was blij met die vondsten, maar huilde ook. De gedachte aan het eten verheugde hem, maar tegelijkertijd beklaagde hij zich. Hij herinnerde zich de tijd toen hij zich onmogelijk een wereld had kunnen voorstellen die werd bevolkt door schepsels die elkaar bedreigden en door overlevingsdrang tot wederzijds wantrouwen gedwongen werden. Hij huilde, terwijl hij zich onbeschaamd volstopte, het vlees losscheurend, kreunend van dagenlange honger, ongelukkig, vernederd en tegelijkertijd gelukkig om naar de grot te kunnen terugkeren en Eva, de kat en de hond te kunnen voeden.

Zij was ontroerd wanneer zij hem terug zag komen. De honger had haar er uiteindelijk toe gebracht om wat hij ook vond op te eten. Zij vroeg niet. Zij legde de stukken vlees op het vuur en at bijna zonder adem te halen. Vaak, al kauwend, vervloekte zij Elokim. Haar zware lichaam verhinderde haar met Adam mee te gaan en zij moest zich erbij neerleggen 's morgens naar buiten te gaan om gevallen takken voor het vuur te halen en overdag de vellen aan elkaar te naaien, waarmee zij zich bedekten.

De eenzaamheid deed haar niettemin goed. Zij vond het niet erg alleen te zijn, zolang zij erop kon vertrouwen dat hij terug zou komen, en zij gaf er de voorkeur aan daar niet aan te twijfelen. Ondanks de hyena's was Adam veilig. Wees niet bang, zei zij tegen hem, de hyena's zijn weggegaan. Ik ben niet bang, zei hij. Jij bent het die nog niet van de schrik is bekomen. Eva begreep dat het haar eigen angst was die sprak. De ontmoeting met de hyena's hield in haar herinnering de ontzetting vast van het besef van het einde van de verstandhouding met de dieren, de noodzaak om opnieuw te leren kennen wat zij bekend veronderstelden. Alleen in de grot werd zij soms door droefheid overstelpt. Steeds weer gingen haar gedachten terug naar de belevenissen en naar de overwegingen die haar ertoe hadden gedreven in de vijg te bijten. De visioenen, de zekerheid waarmee zij in de Geschiedenis had geloofd, die zij toch zou inluiden, vervulden haar van smart en van woede tegen zichzelf. Het landschap herinnerde haar soms aan de schoonheid van de Tuin, maar dat woog niet op tegen de pijn in haar gewonde huid wanneer zij bloedde; het was heel wat anders dan honger, dorst en kou.

Het was de behoefte het verdriet weg te nemen die op een dag maakte dat zij een manier bedacht ernaar te kunnen kijken en het buiten zichzelf te plaatsen. Vanaf dat moment scheen zelfs bedroefd zijn een reden van bestaan te hebben.

Zij ontdekte dat zij met de zwart geworden kooltjes uit de vuurplaats zwarte lijnen op de wanden van de grot kon trekken. Zij begon het effect op een van de gladste wanden uit te proberen. De onbeholpen strepen van het begin werden na een paar dagen vloeiender. Terwijl zij beelden uit haar geheugen op de wand tekende, vulde haar arm zich met een warm, stromend gevoel en raakte zij enthousiast. Haar hand verloor zijn schroom en trok zwierige figuren met de houtskool. Zij kreeg een ongewoon, onverklaarbaar geluksgevoel, waarvan het belangrijkste kenmerk was dat het maakte dat zij zich minder alleen voelde. Alles wat in haar opgeborgen zat kwam naar buiten om haar gezelschap te houden. Daarna maakte zij andere figuren. Zo verscheen het hert dat zij tussen de bomen had zien staan en de magnifieke bizon met zijn gebogen kop. Met het rode poeder van de rotsen maakte zij de Zon. Zij tekende het zicht op de oevers van de rivier, de stenen langs de kant, en het was alsof het geruis van het water in haar oren klonk.

Ook verzon zij Adam op zijn verkenningstochten. Zij liet hem hoog en monumentaal oprijzen, groter en sterker dan welk dier ook dat hij kon tegenkomen. Zij tekende hem op weg door vriendelijke landschappen of hoe hij in de beschutting van rotsen sliep zonder dat iets hem bedreigde, in de zekerheid dat de werkelijkheid de manier zou vinden om met haar tekeningen overeen te komen.

'En ik 's nachts bang zijn dat hyena's of prairiewolven mij verslinden', had hij spottend gezegd om de verbazing bij het zien van de uitbeeldingen te verhullen.

Maar Adam zag al snel de macht van de figuren. Zich de tekeningen voor te stellen, te weten dat Eva zijn terugkeer aan het tekenen was, bemoedigde hem. Na iedere thuiskomst vertelde hij haar de details van zijn strooptocht, zodat zij ze, door ze te tekenen, ook beleefde. Met bewondering keek hij toe hoe zij haar hand bewoog en uit haar vingers de lijnen tevoorschijn kwamen, die zonder een hert of een tijger te zijn de essentie van het hert of de tijger leken te bezitten. Bij het licht van de vuurplaats vond Adam het plezier haar over zijn zwerftochten te vertellen. Vaak gaf hij toe aan de verleiding zijn fantasieën aan de realiteit toe te voegen. Hij genoot ervan haar aan zijn lippen te zien hangen. Het was alsof hij haar meenam en dit alles met haar beleefde.

Tegen het einde van de winter verliet de man, mager en zwak, de grot niet langer. Talloze dagen aten zij alleen stro, gras en insecten. Twee vleermuisparen kwamen in de grot wonen. Zij voelden ze vliegen, zagen ze met de kop omlaag hangend slapen. Eva verloor de lust om te tekenen. Uitgeput in hun poging te overleven maakten zij zich gereed om te sterven.

'We moeten niet langer bang zijn voor de dood', zei zij. 'Misschien zijn dieren daarom wel gelukkig. Adam, omdat zij er niet bang voor zijn.'
'Misschien zijn wij nooit eeuwig geweest. Misschien wisten

we niet dat we zouden sterven. Misschien was dat het Paradijs', zei hij.

Eva huilde. Haar tranen kwamen nu heel gemakkelijk. Zij dacht dat huilen het water in haar maag zou verlichten. Adam omhelsde haar, maar kon zijn armen niet meer helemaal om haar heen slaan. Hij was bang in haar te gaan en dat het schepsel dat in haar leefde hem zou vangen, maar legde haar tegen zijn borst. Slapen was een troost. De vaalgrijze dagen versmolten met de nachten met volle maan. Hoe meer zij sliepen, hoe meer zij wilden slapen. Zij werden alleen wakker om hun dorst te lessen, te plassen en hun ingewanden te ontlasten. Verkleumd van de kou stond Adam in de ingang van de grot en vroeg zich af of de sterren het lichtgevende zand waren van een donkere zee aan de andere kant van de hemel, waar zij ten slotte in onder zouden gaan.

Het geluid van de regenbui, dat door de opening van de grot naar binnen kwam, haalde hen uit de slaap, waarin zij steeds stierven, in afgronden omlaagrolden of faalden in hun poging naar de Tuin terug te keren.

Eva voelde de warme wind. Zij deed haar ogen open. Zij keek naar Adam, die met een arm over zijn hoofd verzwakt lag te slapen. Zij raakte haar buik aan om zich ervan te overtuigen dat het niet haar binnenzee was die buiten zijn oevers trad. Zij ging op de steen zitten en zag hoe buiten het water in heldere, doorzichtige stralen omlaagviel. Zij schudde Adam door elkaar.
'Het regent. Het regent', riep zij juichend. Zij wist zeker dat zij niet meer van kou zouden sterven.

Zij hadden hun eerste winter overleefd.

Hoofdstuk 17

Adam en zij wasten zich in de regen. Zij waren mager. Zij zagen elkaar en wezen op elkaars botten. Zij begonnen te lachen. Het koude water waste de slaap uit hun ogen, het stof van hun lichaam, de ranzige geur. Eva keek naar hem en wist dat hij aan hetzelfde dacht als zij, aan de herinnering aan het moment dat zij wist dat zij er was en ook aan toen zij naast hem wakker werd en zij elkaar als man en vrouw herkenden. Zij spraken er nooit over, maar zij hadden een manier om naar elkaar te kijken, waarin elk in de ander de aanwezigheid van die herinnering herkende. Zij droogden zich in de zon. Zij stonden weer rechtop en hervonden de blijde blik van hun eerste bestaan. Adam vroeg zich af hoeveel dagen het geregend had terwijl zij droomden dat zij stierven, want de wereld was opnieuw groen en overvloedig. Zodra de stortbui ophield, voerde de wind de wolken mee en opende zich boven hen de intens blauwe hemel van een stralende dag.

Eva steunde op Adam om door de plassen te lopen, die de regen als glanzende ogen op de aarde had achtergelaten. Niet alleen het landschap had zich van de kou hersteld, ook de door de brand zwartgeblakerde takken van de vijgenboom waren herboren, vol loof zonder een spoor van die gebeurtenis. De boom hing vol dikke, sappige vijgen. Zij plukten ze en begonnen ze op te eten. Ze hadden de smaak van hun laatste dag in de Tuin, maar ook van hun eerste intimiteit. Adam zette het kortstondige gevoel van wrok van zich af toen hij aan Eva's tere, volmaakte hand dacht die hem de verboden vrucht aanreikte. Zijn hardnekkige heimwee week voor de opluchting te leven en de kleuren van de wereld hun intensiteit terug te zien krijgen.

115

Hij hielp haar de berg een stukje op te klimmen, vanwaar zij zagen hoe op de vlakte het gras weer groeide en een groot aantal dieren er rustig liep te grazen. Eva wees naar geiten, paarden, herten, antilopen, schapen. Bij hen huppelden en graasden veel kleinere, maar identieke dieren.

'Je tijd zal spoedig komen.' De Slang lag op een tak van een doornige struik.

'Jij!' riep Eva uit.

'Ik heb de hele winter geslapen. Een lange slaap. Veel verloren tijd.'

'Komt de kou terug?'

'Even punctueel als de honger, maar eerst komen de planten weer op en wordt het erg warm. De winter komt nadat de bladeren zijn gevallen.'

'Welke tijd bedoel je dat er voor mij komt?'

'Raad je het niet?'

'Wat zal er uit mij komen?'

'Een tweeling, Eva. Jongen en meisje. Zoon en dochter. Zo heten de kleintjes die uit jou en je nageslacht zullen voortkomen.'

'Zonen, dochters', herhaalde Eva.

'Wanneer komen ze?' vroeg Adam.

'Heel gauw.'

'Hoe zal het zijn?'

'Met pijn.'

Eva keek de Slang geërgerd aan. Nog meer pijn? Was het dan niet genoeg geweest te zien hoeveel zij door honger en kou hadden geleden?

'Het spijt me, Eva. Ik meende dat ik je moest waarschuwen. Elokim heeft het zo beschikt. Ik weet niet waarom hij een zwak heeft voor pijn. Misschien zou hij hem zelf willen voelen. Hij zal denken dat de pijn van het lichaam gemakkelijker te verdragen is.'

'Denk je dat hij lijdt?'

'Ik denk dat hij niet zou hebben geschapen wat hij niet kent.'

'Misschien heeft hij het gedacht. Misschien telt voor hem daarom andermans lijden niet.'

'Wind je niet op. Dat is niet goed voor je. Ik ga. Het was niet mijn bedoeling jullie voorjaar te bederven.'

Haar lange, goudkleurige lichaam gleed onder een paar stenen door en verdween.

Adam voelde zich een indringer in Eva's aandoening. Hij vond het moeilijk onder de wijde, heldere hemel aan pijn te denken. Het was beter er niet aan te denken, zei hij tegen Eva. Als dieren jongen kregen, zou het voor haar niet moeilijker moeten zijn.

'Ik ben geen dier, Adam.'

'Precies,' legde hij verzoenend uit, 'jij zult het beter doen.'

Eva dacht liever niet aan de pijn. Zij daalden de berghelling af en liepen langzaam naar de rivier. Zij liepen langs de oever onder het tere groen van de jonge blaadjes. Zij niesden van het stuifmeel, dat onzichtbaar in de lucht zweefde. In het gras staken gele, purperen en oranje bloemen hun kopje op. Het rook naar wortels, naar verzadigde aarde en de lucht vulde zich met plotseling opvliegende vlinders en de aanhoudende zang van insecten, die onverwachts uit het gras opsprongen. Wie begreep Elokim, dacht Adam. Deze aarde, waarnaar hij hen had verbannen, had wel degelijk een Tuin onder de huid. Het ineens zo overvloedige groen bracht tranen naar zijn ogen.

Verzadigd van het zien, horen en ruiken van dit vertoon van leven van de aarde, die zij dood hadden gewaand, ondernamen zij de terugweg naar de grot. Uit het struikgewas steeg een hoge jammerklacht op. Eva duwde de takken opzij. In het gras lag een merrie op haar zij te trappelen van de pijn. Eva zag dat haar buik net zo gezwollen was als die van haar en dat haar geslacht helemaal rood was.

'Ik moet zien wat zij doet, Adam. Ik denk dat haar tijd gekomen is.'

Eva ging er voorzichtig naartoe en knielde naast haar neer. De merrie maakte een beweging om overeind te komen, maar hield er bijna meteen berustend mee op. Eva bewoog voorzichtig haar handen om haar niet te laten schrikken en liet ze over de dikke buik glijden. De gerekte, gespannen, op geheimzinnige wijze rotsachtige, minerale huid voelde net zo aan als de hare, wanneer haar buik zich samentrok. Met haar rechterhand streelde zij het lange hoofd. De merrie keek met haar enorme, verschrikte ogen naar haar. Zij bleef de buik, het hoofd, het haar van de strakke wangen strelen en herhaalde de geluiden die zij maakte om Adam gerust te stellen.

Hij keek naar de mysterieuze, maanronde vorm van de vrouw en de boog van de buik van de merrie. Het dier en de vrouw keken elkaar aan, Eva's lange, donkere haar omlijstte haar voorovergebogen profiel.

Wat weten zij dat ik niet weet, dacht Adam. Hij voelde dezelfde eerbied als toen hij voor de eerste keer de Boom des Levens zag.

Allebei hielden zij hun adem in toen uit de geslachtsopening van het dier twee pootjes verschenen en ze na een lang, pijnlijk gehinnik het veulentje, volmaakt, naar haar evenbeeld en gelijkenis, naar buiten duwde. Gehuld in een wit, met smeersel en bloed bedekt vlies bleef het veulentje op het gras liggen. Na een uur maakte de merrie het omhulsel met haar tanden open. Het diertje deed een poging op zijn pootjes te gaan staan. Het viel om en probeerde het nog een paar keer tot het was gelukt. Snuivend begon de overeind gekomen merrie haar jong zorgvuldig te likken.

Eva legde haar hand op haar ronde buik. De lucht ontsnapte met een geluid van opluchting en verbazing aan haar longen. Zo was het, dacht zij. Adam had gelijk. Als de dieren het deden, zou zij het beter doen.

Hoofdstuk 18

Die nacht sliep Eva bijna niet, haar gedachten waren bij de kindjes die de Slang had aangekondigd. Zij lachte stil om Adam niet wakker te maken toen zij eraan dacht hoe eerst haar en toen zijn verbeelding haar binnenste met vissen, dolfijnen en zelfs zeemonsters had bevolkt. Zij vouwde haar armen over haar buik. Zij dacht aan haar kleine, als een vlezig weekdier vochtige geslacht. Zij huiverde. Misschien zou alles openscheuren. Zij kneep haar ogen dicht om haar plotselinge angst te kalmeren. De merrie was na haar bevalling opgestaan. Zij zou dat ook doen. Zij weigerde aan pijn te denken. Zij probeerde zich haar dochter en haar zoon voor te stellen. Zouden zij als zij en hij zijn? Of zouden zij anders zijn, zoals zij anders dan Elokim waren? Zij wreef over haar gespannen, ronde buik. Wachtte af. Voelde het bewegen in het vocht, het lichte geklop. Daar waren zij, net zoals zij in Adams rib opgeborgen had gezeten. Maar hij zou niet meer bevallen. Waarom zij nu? Waarom was zij het die de eenzaamheid, waarin zij woonden, zou gaan bevolken? Leven, was dat een voorrecht of een straf? Waarom maakte Elokim haar een deelgenoot van zijn schepping?

Hoe zijn kleine schepsels, ondervroeg zij hen. Wanneer zal ik hen leren kennen? Wanneer zullen zij zich laten zien? Wat zou er precies gebeuren? Hoe zouden zij zich aankondigen? Hoe zou zij de dag weten dat het ging gebeuren? Wat zou het eerst naar buiten komen, de voeten, de handen, het hoofd?

De volgende dag bestookte zij Adam met haar vragen. Wat kon hij haar zeggen? Hij kon zich nauwelijks voorstellen wat er zou gebeuren. De gedachte dat hun kinderen naar buiten zouden komen als het veulen van de merrie bezorgde hem een onwillekeurige samentrekking van zijn onderbuik. Hij gaf er de voorkeur aan te denken dat de kinderen op een ochtend naast hen zouden liggen, zoals zij naast hem was verschenen. Eva wist zeker dat het zo niet zou gebeuren.

'Het zal pijn doen. Dat heeft de Slang gezegd. Misschien gaat mijn huid open. Misschien breekt mijn maag als een ei. Of misschien komen ze als bloemen uit mijn dikke buik', zei zij vrolijk toen zij Adams ontsteltenis zag.

's Middags ging zij, log en zwaar, naar buiten. In de takken van de vijgenboom vond zij het nest van een stel lijsters en zij zag ze met insecten en wurmpjes in de snavel aan komen vliegen om hun nog bijna kale jongen te voeden. Van achter een boom aan de oever van de rivier zag zij hoe schapen, bizons, geiten en wilde dieren hun jongen het water leerden kennen. Zij dacht dat zij de kudden, de zwermen insecten zag groeien; zij luisterde naar het rumoer van het zich uitzinnig vermenigvuldigende leven. Zij sloot zich steeds meer in zichzelf op. Zij hield zich stil, omdat zij dacht dat zij de stem van de wezens die in haar woonden zou horen om haar te zeggen dat haar tijd was gekomen.

Hij naaide konijnenhuiden aan elkaar en legde die 's avonds naast Eva voor het geval de kinderen naast haar zouden verschijnen.

Het duurde niet lang. Het was vroeg in de ochtend. Eva stond op om een plas te doen en toen liep er een stroom water langs haar benen. Zij schrok. Had zij zich vergist en zat er toch een zee in haar buik? Zij was bang zich door vissen omgeven te zien, maar in het weinige licht dat de vuurplaats uitstraalde zag zij geen enkele vis of ander zeedier.

Zij ging weer naast Adam liggen. Even later maakte zij hem wakker.

'Het doet pijn, Adam. Zoals wanneer ik bloedde.'

Hij was meteen wakker. De lichte damp van de dageraad hing in de ingang van de grot. Eva liep heen en weer, terwijl zij haar buik met beide handen ondersteunde.

'Wat doen we nu?' vroeg Adam.

'Ik ben de grot. Daar komen ze uit. Jij moet aan de andere kant staan, zodat ze niet op de stenen op de grond vallen.'

'Denk je dat ze het fijn zullen vinden buiten de Tuin te leven?'

'Ik denk dat ze zonder de Tuin te kennen die niet zullen missen', zei zij zonder stil te staan.

'Denk je niet dat ze zich alles zullen herinneren wat wij ons herinneren? Zij zijn ons spiegelbeeld.'

'Wij herinneren ons Elokims herinneringen niet.'

'Nee.'

'Tenzij zijn geheugen de stem is geweest die wij hoorden. Soms denk ik dat de impuls die wij hebben om dingen met onze handen te maken, van hem komt.'

Opeens snakte Eva naar adem. Zij stond stil en boog voorover.

'Adam, Adam. Ik word gebeten!'

Van het ene moment op het andere vulde de pijn haar helemaal. Adam hielp haar op de steen, waarop zij sliepen, te gaan liggen, maar Eva wilde niet liggen. Zij schoof naar achteren tot zij met haar rug tegen een rots steunde. De pijn was weg.

'Ik dacht dat ze mij aan het opeten waren', lachte Eva, badend in haar zweet.

Even later dacht zij hetzelfde en wat later weer. De pijn kwam en ging. Het heeft iets van de zee, zei zij tegen Adam. Het beweegt als de golven. Elke golf trekt iets los; misschien zitten de kinderen vast aan mijn vlees en maakt Elokim ze met een scherpe steen los om ze eruit te halen.

De pijn nam toe. Het was afgelopen met de verklaringen waarmee zij probeerde te begrijpen wat er met haar gebeurde. In plaats van te redeneren begon zij zich wild te verzetten, klemde haar kaken op elkaar, kromp helemaal ineen, legde haar armen beschermend om haar buik, huilde en schreeuwde het uit. Naast haar gaf Adam haar klopjes op haar hoofd, streelde haar haren en huilde en schreeuwde met haar mee. De vleermuizen, waarvan er al veel waren, werden wakker uit hun dagslaap en vlogen naar het hoogste deel van de grot. De kreten, het geschreeuw van de man en de vrouw werden luider en luider naarmate de pijn de druk verhoogde, de gebalde vuist waarvan Eva vreesde dat hij haar uiteindelijk zou verpletteren. Haar kreten waren bundels brede, open geluiden, die de grot herhaalde en door het lichtgat in de wereld verspreidde. Die van hem waren een geschreeuw van onmacht, van woede, schor, ontdaan. In zijn hele lichaam brandde de pijn van de vrouw. Hij zag haar lijden en huilde ontroostbaar.

De wind voerde de kreten van Adam en Eva mee naar de vlakte, waar de dieren graasden, verspreidde ze in de bergen en liet ze op de rivier vallen.

De goudkleurige roofdieren, de paarden, de vossen, de ko-nijnen, de beer, de hagedis, de patrijs, de koeien, de geiten, de buffels, de apen, dieren van alle soorten en maten begonnen de weeklacht te volgen alsof het een oproep was. Stofwolken rezen op onder de hoeven van de paarden en de snelle voeten van de roofdieren, de beren en de bizons, alsof dat woordloze geluid erin was geslaagd door de vergetelheid heen te dringen die sinds het verlaten van de Tuin bezit van hen had genomen.

De valken, de adelaars, de lijsters, de merels en spechten waren de eerste die binnenkwamen en op de stenen gingen zitten die uit de met Eva's tekeningen bedekte wanden van de grot staken. Geleidelijk kwamen in de loop van die van weeklachten vervulde dag de grote viervoeters binnen, de roofdieren, de co-yotes, de wolven. Adam beleefde een moment van paniek toen hij tijgers, everzwijnen en luipaarden de grot zag betreden. Zijn kreten veranderden in gekreun van verrassing, in tranen van troost en in verbijstering toen hij achter elkaar de paarden, de geiten, de herten en de muildieren binnen zag komen. Jagers en prooien plotseling gespeend van honger en vijandinstinct. Tegen een steen geleund, ondergedompeld in haar pijn, met het hoofd tussen haar knieën en zich van voor naar achteren wie-gend voelde Eva hen voordat zij hen zag. Zij voelde zich omgeven door een warme ademhaling, door een dichte, milde lucht, die de haar omringende ruimte verzachtte en haar ondersteunde. Zij keek op en zag de dieren dicht opeen in een kring om haar heen, in een sfeer van verzoening en herkenning, alsof de natuur plotseling was teruggekeerd naar de tijd zonder wantrouwen of dood, toen zij samen de frisheid en de witte bloemblaadjes van het Paradijs hadden gedeeld. Een paard raakte met zijn hoofd Adams schouder aan en een ocelot likte Eva's gezicht. Sinds Elokim hen uit de Tuin had verjaagd, had Eva zich niet meer zo volledig begeleid gevoeld. De stevige lichamen van de dieren, en hun tamme gezichtsuitdrukking deden haar met weemoed aan haar eigen onschuld denken. Zij snikte met een vreemd mengsel van droefheid en geluk. Zij besefte hoezeer zij de eenvoud en tamheid van de dieren had gemist. Zij voelde een zo diepe en tedere dankbaarheid bij de gedachte dat haar pijn hen op deze manier had bewogen, dat zij geloofde dat zij helemaal leeg zou lopen. Daarmee ontspande zij de spieren waarmee zij, de pijn trotserend, de schepsels in haar buik gevangenhield en zo weigerde de schepping met Elokim te delen. In het gezelschap van de dieren en met haar blik op het ontroerde, lieve gezicht van Adam, die voor haar stond, deed zij een uiterste inspanning, schreeuwde uit alle macht, en zo gebeurde het dat de eerste vrouw haar kinderen baarde om op de Aarde te leven.

Hoofdstuk 19

Een enorme, gele maan zweefde de nacht in. Adam sneed de navelstreng van de dochter en de zoon door. De adelaar en de valk namen een placenta mee, de andere werd door de lynx en de geit opgegeten. De geur van het bloed verbrak de rust. Er werd gegromd, de meest kwetsbare dieren maakten zich haastig uit de voeten. De wilde beesten gingen bedremmeld naar buiten, als iemand die uit een droom ontwaakt en niet weet waar hij is. Alleen de hond, de kat en de ondersteboven hangende vleermuizen bleven in de grot.

Adam en Eva huilden toen zij de dieren weg zagen gaan. Zij bleven huilen zonder controle over hun tranen, die stil en onafgebroken vloeiden als het naar buiten komen van opgehoopte gevoelens. Die zeldzame, onuitwisbare gebeurtenis stond voor altijd in hun geheugen gegrift.

Ten slotte keerde de realiteit terug, waarin Adam toekeek hoe Eva voor korte pozen rust vond in de slaap. Zij had geen zin zich volledig aan het rusten over te geven. Zij werd daarvan weerhouden door het verlangen goed naar de kleine, naakte lichaampjes te kijken, die Adam naast haar had neergelegd. Hij bekeek ze ook, maar was nog niet in staat zich op hen te concentreren. Hij dacht aan de dieren. Mijn dieren, herhaalde hij steeds van binnen. Hoe alleen ben ik zonder hen! Ze zijn van mij, maar ze kwamen voor haar, voor de pijn waarvan ik buitengesloten werd.

De kleine wezentjes bewogen hun handen, hun voeten. Af en toe schrokken zij, alsof zij nachtmerries hadden. Zij deden eventjes hun ogen open en deden ze dan weer dicht. Adam ging naast het vel liggen waarop de kleintjes lagen. Uiteindelijk viel Eva in slaap. Hij vlocht zijn tenen in de hare en sliep ook in.

In de nacht werd Eva vaak wakker. Zij huilde niet meer. Haar lichaam deed pijn, maar de pijn was zacht en draaglijk. Wat heb ik geschreeuwd, dacht zij. Alles waarvan ik niet wist hoe ik het moest zeggen gooide ik eruit. Zij had er spijt van dat zij het in haar hoofd had gehaald de uitgang van de tweeling af te sluiten, omdat zij kwaad was over de pijn die Elokim voor haar had beschikt. De komst van de dieren had haar wrok weggenomen, alsof zij haar hart hadden gereinigd.

In de vroege ochtend opende Adam zijn ogen. Zij lachte naar hem. De man en de vrouw keken naar de zoon en de dochter.

'Ze zijn anders dan wij', zei Adam. 'Ik geloof niet dat zij kunnen lopen.'
    'Misschien over een paar dagen', zei Eva. 'Het veulen liep.'
    'En wat eten ze?'
    Eva bekeek de gezichtjes van de kleintjes. Zij boog zich over hen heen en keek in hun mond.
    'Ze hebben geen tanden, Adam!'
    'Het veulen en het lam eten uit de tepels van hun moeders. Zei je niet dat er iets zoets uit je tepels kwam?'

Eva raakte haar borsten aan. Ze deden pijn. Ze waren groot en gezwollen. Zij leunde achterover en sloot haar ogen. Wat verwachtte Adam, dat haar lichaam de kinderen niet alleen maakte, maar ze ook voedde? Zij was zo moe. Haar tijd was gekomen en al voorbij. Nu wilde zij hele dagen slapen, weer op krachten komen, voelen dat haar lichaam weer van haar was. De kleintjes begonnen te huilen. Het gehuil kroop in haar vel, alsof het uit haarzelf kwam. Zij bewoog niet, hield haar ogen dicht. Het was een droevig, hulpeloos geluid.
    'Ze hebben honger, Eva', zei Adam. 'Laat ze eten wat er uit je borst komt.'
    'Waarom probeer jij het niet, Adam? Jij hebt ook tepels.'
    Adam keek haar aan zonder te weten wat hij moest denken.

Hij pakte een van de kinderen op. Eva zag het kleintje de borst van de vader zoeken. Zij stond op. Het lopen deed pijn, maar zij ging de grot uit om het huilen niet te horen. Adam riep haar. Eva, Eva, waar ga je heen? Maar zij gaf geen antwoord en kwam niet terug. Zij wilde slapen, uitrusten. Zij ging in de schaduw van de vijgenboom zitten, met haar rug tegen de stam. Het gehuil van de tweeling hoorde zij bijna niet meer. Zij sloot haar ogen. De zon, op weg naar het midden van de hemel, bescheen de blauwe lente. Haar bewustzijn rolde zich op en gleed naar de rust van de slaap.

'Het is nu geen tijd om te slapen, Eva, word wakker.'
Zij voelde het koude lichaam van de Slang langs haar arm glijden. Toen zij met enige moeite uit de zware slaap was gekomen waarin zij een toevlucht had gezocht, was zij snel klaarwakker. Zij zag de staart van het dier om een lage tak gewikkeld, haar kop zweefde vlak bij haar in de lucht.
'Jij moest mij weer wakker maken.'
'Ik kon me deze gebeurtenis niet laten ontgaan. Je hebt Elokim een man en een vrouw gemaakt.'
'Het heeft veel pijn gedaan.'
'Je hebt toch wel gezien dat dieren op vier voeten lopen?'
'Jij kruipt.'
'Vergeet mij even. Jij hebt niet het ruime lichaam van een merrie of een koe. Je loopt rechtop. Daarom worden de jongen van jouw soort klein en hulpeloos geboren. Je zult ze te eten moeten geven en ze verzorgen tot ze groter zijn.'
'Je vertelt mij zeker ook dat ik hun moet geven wat er uit mijn borst komt.'
'Toen Elokim jullie uit de Tuin zette, heeft hij de loop van de tijd verstoord. In de Tuin was je eeuwig. Je zou nooit kinderen hebben gekregen. Het was niet nodig je voort te planten, omdat je nooit zou sterven. Nu moet de werkelijkheid herschapen worden. De schepping moet terug naar het punt waar hij opnieuw kan beginnen.'

'Ik begrijp je niet.'

'Je kinderen, Eva, je kinderen zullen de tijd naar zijn begin terugbrengen. Je moet ze voeden.'

'Mijn kinderen zullen honger en dorst hebben, ook kennis soms? Zullen ze dromen, dingen bedenken?'

'Ze zijn jouw weerspiegeling.'

'Als het waar is wat je zegt, als ik eerst eeuwig was en volmaakt, waarom werd ik volgens jou dan verteerd door de wens te weten? Dat was zinloos.'

'Je bent scherpzinnig', zei de Slang ironisch. 'De eeuwigheid heeft geen kennis nodig. Maar voor het leven, het overleven, is kennis onmisbaar. Je hebt een vraag en die moet beantwoord worden. Zonder onzekerheid, zonder verbazing is kennis irrelevant. Wat moet je weten als je gelukkig bent, als je niets mist? Volmaaktheid is zonder beweging. Maar jij zou misschien heimwee hebben.'

'Heimwee? Ik kende geen ander leven dan dat. Jij was het die me zei dat er een andere manier van leven was.'

'Je kunt heimwee hebben naar wat je nooit hebt beleefd. Misschien heeft Elokim je de heimwee ingegoten opdat je van de vrucht zou eten.'

'Ik weet niet meer wat ik moet denken. Ik begrijp niet waarom ik het deed.'

'Ik heb je gezegd dat hij zich verveelde. Stel je daarom eens voor hoe onderhoudend het kan zijn een levend wezen naar je evenbeeld en gelijkenis te scheppen, het alles te ontnemen behalve kennis, het een wereld te geven en te kijken of het in staat is weer bij het volmaakte vertrekpunt te komen.'

'En was jij zijn handlangster?'

'Ik wist dingen niet die ik nu wel weet. Hij heeft ze mij uitgelegd om mij te kwellen. Mij heeft hij ook gestraft. Hij heeft mij nog verder terug laten gaan dan jullie. Kijk, hoe ik kruip. Toekomstige generaties zullen jou de schuld geven, maar naar gelang je nageslacht meer kennis verwerft zul jij je prestige terugwinnen. Maar niemand zal zich om een arme slang bekommeren. In mij zullen ze de belichaming van het Kwaad zien.'

'Het spijt me', zei Eva.

'Ik dacht dat Elokim mij wel snel uit deze belachelijke vermomming zou halen, maar hij is nog steeds kwaad.'

'Misschien lijdt hij meer dan wij ons kunnen voorstellen.'

'Hij weet te veel. Weten en lijden zijn onscheidbaar. Ik moet gaan', zei zij en ze gleed langs de stam omlaag. 'Ga jij voor je kleintjes zorgen. Geef toe aan je dierlijke instinct. Niemand is beter toegerust dan jij om het te doen', siste zij ironisch, terwijl ze door het gras weggleed.

Toen ze terugliep naar de grot schreeuwde de tweeling zo hard dat Eva dacht dat ze al gegroeid waren. Zij versnelde haar pas. Toen zij in de grot kwam, tilde Adam een van de kinderen op, slap, het hoofdje omlaag.

'Laat mij het proberen', zei Eva.

Zij legde het in de kromming van haar arm. Het was het meisje. Met de ogen dicht en een rood aangelopen gezicht krijste zij uit alle macht. Zodra het warme lichaampje tegen haar zij lag, begonnen Eva's borsten te vloeien en stroomde de melk als water uit een bron. Onthutst legde zij haar hand tegen het hoofd van het kleintje en bracht het mondje naar haar tepel.

'Geef me de andere ook, Adam, voorzichtig, hou je hand onder het hoofdje.'

Eva ging op de rots zitten. Het meisje zoog hard. Het kietelde. Adam legde het jongetje in haar andere arm. Hij hurkte achter Eva, zodat zij tegen zijn benen kon leunen. Eindelijk was het stil. Adam gaf een zucht van opluchting.

'Buiten ben ik de Slang tegengekomen. Ze zegt dat onze kinderen hulpeloos zullen zijn. Wij zullen ze moeten verzorgen tot ze gegroeid zijn', fluisterde zij.

'Heel lang?'

'Dat heeft ze niet gezegd.'

'Vreemd,' zei Adam, 'je doet wat de dieren doen, maar je lijkt niet op ze.'

'Ik lijk wel op ze, maar het maakt niet uit. Het is wat wij nu zijn. Heb je gezien hoe ik melk begon te geven toen ik hun honger voelde? Alsof mijn lichaam hen gehoorzaamt. En ze zijn zo klein. Kijk nou. Mijn arrogantie dient nergens toe.'
'Heeft de Slang dat tegen je gezegd?'
'Zoiets. Zij begrijpt ook niet helemaal wat er gebeurd is. Ze vindt het leuk net te doen alsof ze het weet, maar wat zij zegt is moeilijk te ontcijferen.'

Het meisje had haar ogen open. Ze waren grijs. Zij was bedekt met een wittig huidsmeer, haar gelaatstrekken waren verbazingwekkend fijn en perfect. De huid en het haar van het jongetje waren donkerder, de ogen ook grijs. Hoe hadden zij zo veel maanden zonder kieuwen of schubben als vissen kunnen overleven in het dichte water van haar ingewanden? Wat een mysterie, dacht zij.

Toen de tweeling genoeg had gedronken, liet Eva Adam hen wassen. Hij deed het voorzichtig om ze niet te laten schrikken. Het haar van het meisje was lichter van kleur, het jongetje hield zijn ogen strak op hem gericht. Hij waste de kleine handjes en voetjes, de billetjes, maakte hun gezichtjes schoon, onderzocht hun minuscule oortjes en neusgaatjes. Hij stopte een vinger in hun mond, voelde het tongetje.

Eva keek nieuwsgierig en geamuseerd naar hem. Zij had het gevoel vol melk te zitten, vol haar borsten, vol haar hart.
'We zullen ze een naam moeten geven', zei zij.
Hoe zouden zij en hij zijn geweest als zij net zo klein geboren waren, vroeg zij zich af. Niemand had hen gewassen of met die vochtige zachtheid naar hen gekeken.

Hoofdstuk 20

De volgende dag, het motregende, verliet Adam samen met zijn hond Kaïn de grot. Het mysterie van de kleintjes, die uit de donkere tunnel waren gekomen waarin hij meer dan eens had gedacht te verdwijnen, ging maar niet uit zijn gedachten. Eva beefde wanneer zij de diepste lach bereikte. Voor hem was het voelen van dat beven het weer ademen van de lucht van het Paradijs. Hij vroeg zich af of zij zich nu misschien de pijn zou herinneren die hij in haar gezicht, in haar gebeukte, uitgewrongen lichaam had gezien om de vrucht uit zich te persen van een zaadje dat hijzelf misschien had helpen groeien door het met het uit zijn penis komende vocht te besproeien. Maar een boom huilde niet bij zijn geboorte. Planten kwamen omhoog zonder geluid te maken. Maar bij haar kwam het leven naar buiten alsof het een natuurramp was. Hij bloedde niet, zijn lichaam was niet veranderd en bij de geboorte had hij geen enkele pijn gevoeld. Waarom bij hem niet en bij haar wel? Wat betekende dat?

Hij liep naar de rivier met het voornemen het net uit te gooien en een paar vissen te vangen.

De natte aarde schudde zich en verspreidde het water in smalle stroompjes, die kleine delta's in de roodachtige modder vormden. Adam en Kaïn gingen zeker van hun weg verder, over de plassen springend en de intense geuren inademend. Opeens stond Kaïn stil. Hij spitste zijn oren, gromde. In het struikgewas ontdekte Adam een kleine beer, een jong dat nieuwsgierig naar hen keek. Hij vermaande Kaïn. Sinds hij de dieren Eva had zien omringen stelde hij zich voor dat hij weer net als in de Tuin met ze zou omgaan. Hij was bezorgd om de kleine dieren, waarop hij zou moeten blijven jagen, maar hij was ervan overtuigd dat het er zo veel waren omdat ze bedoeld waren om hun tot voedsel te dienen. Hij ging naar het jong toe, vaderlijk, vriendschappelijk, geruststellend. Het beertje bewoog niet. Adam wilde zijn hand uitsteken om het over zijn kop te strelen, toen hij het geluid hoorde van een groot dier, dat met veel gekraak van takken en bladeren naderde. De moederbeer rende op hem af. Van zijn stuk gebracht door de plotselinge terugkeer van het wantrouwen en de agressiviteit sprong Adam in de dichtstbijzijnde boom en begon angstig omhoog te klimmen. Woest grommend kwam de berin achter hem aan. Adam voelde de klauwen aan zijn voetzolen. Zijn huid en zijn hart deden pijn. Kaïn sprong omhoog en viel de berin van opzij aan. Verrast en geïrriteerd door deze onderbreking smeet zij hem met een uithaal van haar poot tussen de struiken. Kaïn viel opnieuw aan. De berin stopte. Vanuit de boom schreeuwde Adam naar de hond. Pas op, Kaïn, laat haar gaan, Kaïn. De hond was niet meer in staat tegen zijn instinct in te gaan en zich terug te trekken en bleef naar de poten en de klauwen van de berin bijten. Het woedende, grote beest liet zich plotseling boven op de hond vallen. Het laatste wat Adam zag was Kaïns nek in de muil van de berin, die hem heen en weer schudde. Het gegrom van de hond ging over in hoog gejank, een lange, bange, droeve klacht was het laatste wat Adam hoorde voordat de berin het levenloze lichaam van de hond voor haar voeten liet vallen en omhoogkeek naar de tak waar Adam weggedoken zat.

De man wist niet hoe hij de berin had gedood. Hij herinnerde zich de geur van het dier, de klauwen met het verse bloed van Kaïn, haar enorme kracht, maar ook herinnerde hij zich de immense macht van zijn woede, de steen waarmee hij de snuit, de ogen en de muil kapotsloeg.

Hij bloedde. Hij was gekrabd, gebeten, maar in leven. Niets onherstelbaars. Maar Kaïn lag op de grond, de ogen open en beroofd van zijn trouwe, alerte blik. Adam keerde in zichzelf. Hij wist niet in wat voor beest hij was veranderd. Een beest dat in staat was met zijn blote handen een berin te doden. Zijn lichaam schudde alsof het door de wind werd geranseld. Hij knielde neer, raakte het voorhoofd, de oren van de hond aan. Hij was slap, de kop geknakt tegen de romp. Hij tilde hem op en sloeg zijn armen om hem heen. Hij had de restanten van andere dieren gezien, achtergelaten door tijgers, leeuwen. Hij dacht alleen aan eten, wanneer hij die zag. Hij dacht er niet aan hoe ze waren doodgegaan of hoe hun leven was geweest. Daar, bij zijn dode hond, overdacht hij dat alles. De dood was gelijk, maar zijn hond was anders. Die kende hem. Hij raadde wat hij dacht. Hij beschermde hem. Hij likte zijn handen, 's nachts kroop hij tegen hem aan en verwarmde hem. Hij was anders. Hij ging naast de hond op de grond zitten. Hij dacht aan hun spelen. Hij huilde. Hij bedekte zijn gezicht met zijn handen en liet zich gaan.

Hij begroef Kaïn. Hij verwijderde het vel van de berin. Hij ging naar de rivier, waste het bloed van zijn lichaam en keerde terug naar de grot.

'Ik weet hoe wij de jongen moeten noemen', zei hij tegen Eva. 'We noemen hem Kaïn.'

Wat zij in het gezicht van de man zag beviel haar niet. Zij hield ook van de hond, huilde om hem, miste hem, maar de klank van de naam Kaïn beviel haar niet, zoals Adam hem uitsprak als de naam van hun zoon.

'Ik vind dat we de jongen een andere naam zouden moeten geven.'

'Nee. Het is een goede naam.'

'Maar die naam zal je altijd verdriet brengen.'

'Dat gaat wel over.'

'Je hebt de berin gedood', zei Eva. 'Je hebt haar vel meegebracht. Het maakt mij bang. Zo'n groot dier. Ik had niet gedacht dat dat mogelijk was.'

'Ik ook niet. En ik heb er geen verklaring voor hoe ik het gedaan heb. Ik was tot alles in staat.'

'Zij maakte je woedend en je hebt haar gestraft.'
'Ja.'
'Elokim heeft ons ook tot sterven veroordeeld.'

De dood. Zijn hond levenloos. Zijn droge snuit. Zijn doffe ogen. De slappe kop. Toen hij hem begroef, was hij koud, stijf. In een enkel ogenblik was alles wat hem tot Kaïn maakte, verdwenen. Wat er van de hond overbleef bestond nu alleen in hem, in haar en in de tekeningen op de wanden van de grot. Stof waren zij en in stof zouden zij veranderen. Zouden anderen ooit weten in welk deel van de Aarde Eva, hij en de pasgeboren kinderen zouden achterblijven? Wie zou aan hen denken? Hoe zouden zij zich hen herinneren? Hij dacht aan zijn droom van de bomen met mensengezichten die geknakt neervielen. Het zou tot niets dienen dat er steeds meer mensen tot leven kwamen. Allen zouden sterven. De een na de ander. De snuit droog en de ogen dof. Koud. Stijf. Net als Kaïn. En toch zouden zij iedere dag honger voelen, de pijn om te overleven. Het verbaasde hem de begeerte van de kinderen naar Eva's borst te zien. Zo veel levensverlangen in ieder dier, iedere plant, alsof de dood iets onbelangrijks was, alsof die niet zeker was.

Zijn woede veranderde in een koorts, die zich in zijn lies nestelde. Eva's lichaam straalde de klaarheid uit van de melk die uit haar borsten vloeide. Met haar kinderen in het donker van de grot slapend op de zwarte vacht van de berin glansde haar door de oranjegouden flonkering van het vuur beschenen huid, die een nieuwe, gastvrije rondheid liet zien. Zij hield zijn aandrang tegen tot de vrees dat haar binnenste pijn zou doen was geweken. Daarna vierde zij met hem haar nieuwe, op de zee herwonnen middel. 's Nachts, lijf aan lijf met Eva, dacht Adam vaak aan de meedogenloosheid waarmee hij de berin had kapotgebeukt en kwelden hem zijn handen op de tere botten van de vrouw. Bij haar bevestigde het moederschap niet alleen haar vormen, maar ook het bewustzijn van een macht, die verder reikte dan louter kracht. Zij wist dat hij dat voelde en dat hij daarom niet moe werd haar binnenste op te zoeken, zich in dat donkere, vochtige toevluchtsoord te nestelen.

En zo verliep er weinig tijd tussen de geboorte van de tweeling en Eva's voorgevoel dat zij weer kleintjes droeg. De golven van een andere zee bewogen in haar. Zij herinnerde zich dat de Slang haar had aangekondigd dat zij de ervaring zou herhalen. Hoewel het niet haar wil was, dacht zij dat haar lichaam wel zijn redenen zou hebben. In tegenstelling tot de eerste keer was zij niet bang. De pijn was snel vergeten. Die werd uitgewist door de verwondering andere hulpeloze wezens zichzelf te zien worden, door het raadsel van hun onvoorspelbaarheid en het feit dat zij toch op een vreemde manier deel van haar waren. Hun huilen, hun honger, hun kou hoorden bij hen. En toch was zij niets van zichzelf kwijtgeraakt. Wanneer zij de kinderen lag te voeden, vond zij daarin vaak rust. De hemel, de rivier, de voor haar ogen groeiende en verwelkende natuur, de nacht met zijn ontelbare lichtjes, de raadselachtig ingesloten zee, de zon, de maan, de bomen, de dieren, dit alles bevatte een geluk dat, hoe zwak en bedreigd het ook was, toch een gevoel van overvloed gaf. Te zien hoe haar kleintjes op haar troostende woordjes en liefkozingen reageerden en hoe zij haar herkenden, de blijdschap in hun ogen en handjes te zien, wanneer zij naar hen toe ging, maakte dat het haar steeds moeilijker viel te blijven denken dat zij het slachtoffer was van een grillige, onevenredige straf.

II

Weest vruchtbaar en wordt talrijk

Hoofdstuk 21

Adam keek naar de groeven in de bomen. Het waren er al veel. Van bijna alle bomen op de weg van de grot naar de rivier was de schors gekerfd. Hij kon niet tellen, maar het volstond zo veel gewonde bomen te zien om te weten dat deze aarde die zij bewoonden litteken na litteken hun leven verteerde. Of dat nog niet genoeg was grifte de tijd zijn spoor in de lichamen van hun kinderen. Zo telde Eva de dagen: door ze te zien groeien.

En zij waren al groot, hoewel nog niet volwassen. Abel en Aklia waren jonger dan Kaïn en Luluwa, maar je zag geen verschil. De tijd die de vier nodig hadden om te lopen, te praten en zich te kunnen redden leek eindeloos zolang hij duurde, maar nu miste Adam hem. Het had heel wat moeite gekost hun de vaardigheden van het leven te leren. Geen van hen slaagde erin te lopen zonder eerst te kruipen. Toen zij probeerden te gaan staan, vielen zij om en bezeerden zij zich. Zij schenen helemaal niet te denken aan wat hun kon overkomen op plekken vol stenen of bij de rotsen. Eva en hij hadden hen bij de hand moeten nemen. Hij herinnerde zich hoe hun rug de hele dag pijn deed toen zij hen bij hun eerste stappen gebukt vasthielden. Zij moesten hen steeds in het oog houden. Wat zij aan handigheid tekortkwamen, hadden zij te veel aan nieuwsgierigheid. Zij waren net hun moeder. Alles wilden zij aanraken, maar zij wisten niet dat je je aan vuur brandt en dat je jezelf gemakkelijk pijn deed. Eva zei dat het kwam omdat het hun ontbrak aan kennis van Goed en Kwaad. Zij gaf hun vijgen te eten, maar die hadden geen enkel effect. Adam kon maar niet begrijpen dat zij zo dom waren. Hij dacht dat, zoals Eva en hij bepaalde eigenschappen met de dieren deelden, hun kinderen misschien nog meer op ze zouden lijken. De kat bevuilde de grot nooit met haar uitwerpselen, maar de kinderen plasten en poepten waar zij de behoefte daartoe voelden. Pas na een hardnekkige strijd begrepen zij dat zij naar buiten moesten gaan en hun ontlasting met aarde moesten bedekken. Toen zij actiever werden, begonnen zij ook te praten. In het begin was het lastig hen te verstaan. Aklia en Luluwa konden eerder dan hun broers zeggen wat zij wilden. In die tijd moesten Eva en hij vaak lachen. Zij schoten in de lach wanneer zij hen water, kat, tepel hoorden zeggen. Maar later, toen de vier steeds meer woorden wisten, zagen zij in hoe verschillend zij onderling waren. Zij bedachten dat zij hun konden leren hoe te leven, maar dat zij hen niet aan hen zouden kunnen onderwerpen.

Eva's vrees voor de winter en dat zij niet meer genoeg melk zou hebben om hen te voeden was de prikkel om haar intuïtie voor de aarde en haar vruchten in een grondige kennis van de planten om te zetten. Rondom de grot groeiden amandelbomen, perenbomen, druivenstokken, tarwe, gerst en eetbare wortels. Kaïn en Luluwa hadden de vaardigheid van hun moeder om groenten en kruiden te herkennen geërfd. Zij verzorgden de moestuin, terwijl Abel, die van jongs af kennis van dieren toonde, geiten en schapen tot huisdieren had gemaakt. De geiten werden gemolken en van de schapenwol maakte Aklia kleren, zodat zij niet meer hoefden te doden om zich te bedekken.

Eva had geen heimwee naar de kindertijd van de tweelingen. Zij klaagde niet over de snelheid waarmee zij waren gegroeid, zoals Adam. Hij zei dat hij hen nog steeds leek te zien als in de tijd dat zij los durfden te staan en wankelden en languit vielen en hij zag hoe zij dan vrolijk en in de war waren. Eva koesterde die beelden met tederheid maar zij zag hen liever zoals zij nu op eigen benen stonden. Zij was de hardnekkige vermoeidheid niet vergeten, toen de kinderen hun geen rust gunden, altijd aan hen hingen alsof hun lichamen van hen waren. Terwijl zij leerden de grond te bewerken en zich van voedsel en warme kleding te voorzien – zodat Adam niet weg hoefde te gaan en haar alleen achterlaten met de onmogelijke taak voor vier kleine, weerloze wezentjes te zorgen – leidden zij een kuddebestaan, trokken zij rond met de kinderen schrijlings op de heupen. De eerste winters moesten zij beschutting zoeken, verkeerden zij dag en nacht in een wereld van gebrabbel, waarin woorden niets oplosten en het instinct hun enige leidraad was. Adam leed meer onder de veranderde routine dan zij. Hij zag af van lange jacht- en verkenningstochten, omdat de angst dat hun iets zou kunnen overkomen hem snel terug deed gaan. Hij was tot de conclusie gekomen dat het beter was samen honger te lijden dan het risico te lopen dat de gevaren van de wereld hen zouden scheiden. Voor haar was het moeilijk te aanvaarden haar lichaam veranderd te zien in voeding voor vier paar ogen, die van haar verlangden dat zij zich uitstrekte om aan haar borst te gaan liggen. Beschaamd over haar gevoelens had zij Adam nooit bekend dat zij vaak weg had willen rennen. Sinds hij de geboorten had meegemaakt en had vastgesteld dat zij in staat was de kinderen niet alleen te maken maar ze ook te voeden, vond hij haar een wonder. Elokim had haar zoveel macht gegeven, verklaarde hij, dat hij door haar bloedige pijnen te laten lijden hoopte te voorkomen dat zij hem zou uitdagen. Eva sprak hem niet tegen. Zij bewonderde Adams lieve volharding, de toewijding waarmee hij zich aan de taken wijdde die hij voortdurend voor zichzelf creëerde, de voldoening die hij vond in het begrijpen en beheersen van wat hem omgaf. Maar hij was ook eigenzinnig en bleef zijn eigen gang gaan zonder erg te hebben in het effect dat dit in de loop van de tijd kon hebben. Het kostte hem moeite geduld te oefenen, de natuurlijke loop der dingen te observeren en ze naar hun neiging of wijsheid hun weg te laten vinden. Hij had altijd haast. Daarom gaf hij, hoewel hij de kringloop van de vruchten van de aarde begreep, de voorkeur aan de jacht, aan het onmiddellijke, aan wat hem een snelle beloning voor zijn inspanningen gaf.

Eva daarentegen zag alles wat er om haar heen gebeurde, alsof haar blik de eigenschap had met meer ogen dan alleen die van haarzelf te kijken. Het betekende voor haar geen enkele inspanning in haar binnenste te horen wat de anderen dachten. In de

tijd dat de tweelingen naar de puberteit groeiden leek het haar
of haar huid zich met oren vulde en haar blik met tastzin om
de lichte of intense gevoelens van haar kinderen op te merken.
Zij las hun gemoedstoestand en hun tekens met een gemak dat
haar vaak verraste. Door buiten zichzelf te treden, zich te vermenigvuldigen, kreeg zij op mysterieuze wijze toegang tot de
geheime talen van het leven. Intuïtief voelde zij de stemming
van de planten, de bomen en de hemel aan. Maar toch slaagde
zij er niet in te weten of haar kinderen, net als zij, de kennis van
Goed en Kwaad bezaten, of zij hun onschuld zouden verliezen
zonder een verboden vrucht te eten en of zij, onschuldig als zij
waren, zouden leren te bestaan in een wereld als deze, een wereld van vragen waarop niemand een antwoord gaf en waarin
het noodzakelijk was te doden om te eten en te overleven.

In het leven, waarnaar zij zich hadden gevoegd, waren Abel en
Adam onafscheidelijk. Net als Kaïn en Luluwa. Eva bracht de
meeste tijd met de kleine Aklia door. Bij haar geboorte huilde
Adam toen hij haar zag. De bevalling was snel en niet moeilijk
of bijzonder geweest. Zij en Adam waren alleen en vertrouw-
den op wat zij wisten. Eva vond het minder pijnlijk. Misschien
omdat zij wist wat haar te wachten stond en zich op de pijn had
ingesteld. Abel kwam het eerst. Donkerder dan Kaïn, groter,
met krachtig gehuil, de ogen open. Na een lange pauze kwam
de pijn opnieuw. Eva duwde Aklia naar buiten, een klein schep-
seltje, de ogen stijf dichtgeknepen, het gezicht bedekt met een
donker dons, met een bol voorhoofd en te dikke lippen. Adam
sneed beide navelstrengen door. Zij wikkelden de baby's in
zachte vossenstaarten. Adam liep met Aklia in de grot heen en
weer. Hij bracht haar tot bij het vuur. Hij bekeek haar en zei
dat zij op een aap leek, niet op een menselijk wezen. Korte tijd
na haar geboorte verdween het dons van haar gezicht, maar zij
behield het kleine gezichtje, de onder de dichte wenkbrauwen
in het midden van haar gelaat samenkomende gelaatstrekken,
de vooruitstekende mond, het dunne, sluike haar, zwart als nat

hout. Maar haar ogen waren mooi, klein maar glanzend. Aklia had bovendien de volmaaktste voeten en handen van al hun kinderen. Zij was slim en handig. Intuïtief voelde zij het gebruik van de dingen aan. Zij maakte naalden van botjes, naaide huiden aan elkaar, weefde de wol van de schapen. Haar lenigheid en geringe lengte waren een voordeel. Zij was de beste om in bomen te klimmen, om dadels uit de toppen van palmbomen naar beneden te brengen. Eva beschermde en verwende haar om zo de ongelijkheid van de gaven waarmee zij geboren was een beetje te compenseren. Hoewel haar broers en zuster groter en mooier waren, vond zij dat Aklia sterker was en dichter bij de essentie stond van wat haar omringde.

Adam en zij hadden zich al enige tijd afgevraagd welke redenen Elokim zou hebben om twee tweelingen uit hen geboren te laten worden.

Weest vruchtbaar en wordt talrijk had hij gezegd en alleen zij bewoonden deze wereld.

Kaïn zou de levensgezel van Aklia zijn en Abel van Luluwa, verklaarde Adam. Zo zou het bloed van de twee bevallingen worden gemengd. Het was niet goed dat het bloed uit één buik zich vermengde. Dat had Elokim tegen hem gezegd in een droom, waarin hij zich terug in de Tuin had gezien. Een verwarde droom, zei hij. De Tuin was oud en in verval. Hij kwam er nauwelijks doorheen door de vele omgevallen boomstammen en de modder op de grond. Er zweefde een witte, vochtige damp tussen de takken van de reusachtige bomen, waarin bleke varens als verwarde haardossen hingen. Slingerplanten met enorme, getande bladeren verstikten de grote ceders en het licht drong met moeite tussen de spleten in die ordeloze, moerassige, dichte vegetatie door, waarin de naar het scheen in een dodelijke strijd gewikkelde soorten elkaar wurgden. Op zijn doelloze tocht zag Adam Aklia van tak tot tak gaan, gevolgd door een gorilla met erg droevige ogen. Hij zag Kaïn achter haar aan gaan en de ene boom na de andere proberen omver te halen, terwijl zij de knots ontweek waarmee hij de takken en stammen te lijf ging. Hij zag Abel in slaap en Luluwa naast hem met haar handen voor haar gezicht. Hij sprak tegen de kinderen, hij beval hun terug te komen, maar zij hoorden hem niet. Zij waren dichtbij, maar het was alsof zij ver weg waren. Toen had, tot zijn ontzetting, de gorilla met de stem van Elokim gesproken: Abel met Luluwa, Kaïn met Aklia, het bloed mag niet worden gemengd, donderde hij. Met het geluid van die woorden, die in het ochtendlicht weergalmden, werd Adam wakker.

Vanaf de tijd dat de kinderen nog klein waren had de droom zich vaak herhaald. Het was een verschrikkelijke droom, zei hij tegen Eva. Een droom die hem verstikte en waaruit hij altijd verontrust ontwaakte, maar omdat hij steeds maar terugkwam beschouwde hij hem als een duidelijk teken van Elokims wil.

Eva vreesde het medelijden dat Aklia bij Adam opwekte. Hij was vriendelijk voor haar, maar zij verraste hem vaak terwijl hij met een blik van licht ongeloof naar haar keek, alsof het hem moeite kostte te accepteren dat zij op dezelfde manier als de anderen bij hen was verschenen. Dat de tweelingen voorbestemd waren om zich met elkaar te verbinden, had Eva heel natuurlijk gevonden, vooral als zij bedacht dat als er geen meisjes geboren waren zij zich dan met haar zonen had moeten voortplanten. Verschrikkelijk, die wereld, dacht zij vaak. Verschrikkelijk, de onzekerheid in hun levens, alles wat zij niet wisten, ondanks de straf die zij voor het weten hadden gekregen. Je moest toch wel denken dat Elokim met hen spotte? Wreed, Elokim. Wrede vader, die zijn kinderen in de steek liet. Nu zij moeder was, vond zij zijn houding nog onbegrijpelijker. En het moederschap eindigde nooit. Net als de pijn. Haar kinderen waren nu pubers. Spoedig zouden zij paren moeten vormen. Adams dromen en de bedoeling ervan kennende, voorvoelde zij tijdens hun opgroeien dat er geen ontkomen aan hun lijden was. Kaïn was als kind al sterk. En onverstoorbaar. Hij stootte zich en huilde zelden, alsof hij van jongs af aan het bewustzijn van een volwassene in zich droeg en op de rijpheid van zijn lichaam wachtte. Voor hem was Luluwa, de mooie Luluwa, begin en einde van zijn geluk. Eva zag hen als de keerzijden van een schepsel dat alleen bestond wanneer zij samen waren. Allebei waren zij stil, nors tegen de anderen, maar zacht en vriendelijk naar elkaar. Zij begrepen elkaar door alleen maar naar elkaar te kijken. De ontluikende schoonheid van Luluwa, die Abel en ook Adam verwarde, was voor Kaïn even natuurlijk en draaglijk als de bloei van een boom die zich gereedmaakt vrucht te geven. Maar dat hij met die openheid naar haar keek betekende niet dat haar schoonheid hem onverschillig liet. Integendeel, het maakte hem blij, omdat hij de zekerheid had dat Luluwa zijn partner was, dat hij altijd bij haar zou zijn.

'Adam, weet je zeker dat het bloed niet vermengd mag worden? De dieren vermengen zich.'
   'Je weet heel goed dat wij anders zijn.'

Hij kon niet tegen zijn dromen ingaan, zei hij. Zij werd gekweld door de mogelijkheid dat de droom zijn voorkeur voor Abel weergaf. Diens gave om met dieren te communiceren herinnerde Adam aan de manier waarop die hem in het Paradijs gehoorzaamden. Abel was net zo mooi als Luluwa. In gestalte overtrof hij zijn vader. Zijn koperkleurige gezicht met de lange, rechte neus, het hoge voorhoofd en de hoge jukbeenderen was levendig, zijn ogen, net als die van zijn tweelingzuster, hadden de heldere kleur van de bladeren van de Boom des Levens. Kaïn was kleiner. Zijn gelaatstrekken waren niet zo elegant als die van zijn broer, maar ze waren aangenaam, mooi zelfs. Toch was Kaïn, misschien omdat hij van jongs af voelde dat zijn vader teleurgesteld was in zijn voorkeur voor de aarde en de stilte, in een ingetogen, stugge jongen veranderd. Hij liep gebogen. Wanneer zijn vader tegen hem sprak, sloeg hij zijn ogen neer. Hij stoorde zich ongetwijfeld aan de voortdurende vergelijkingen met Abel en zelfs met de slimme, trouwe hond, wiens naam hij had geerfd. Voor Eva had hij lieve gestes, waarmee hij zijn zwijgzaamheid goedmaakte. Hij bracht de zoetste peren voor haar mee en de vrucht van zijn ijverige inspanning om planten te vermeerderen door ze te kruisen en ze water uit de bron te drinken te geven via geulen die hij met zijn handen groef. Luluwa en Kaïn oogstten vreemde kruisingsproducten, die Eva en Adam proefden en waar zij meer dan eens ziek van werden. Maar als Kaïn en Luluwa stil met hun manden met gewassen verschenen, dan was de komst van Abel altijd een triomf: hij bracht melk van de geiten, die hem gedwee in een kudde volgden, hij maakte jacht op herten, weidde schapen, had meer honden getemd en speelde het zelfs klaar om roofvogels zoals de valk hun prooi met hem te laten delen. Het was moeilijk Abels argeloze goedheid te weerstaan. Eva was ervan overtuigd dat de afgunst van zijn broer niet eens tot hem doordrong. Abels wereld was eenvoudig en vreedzaam. Hij kon rekenen op de voortdurende goedkeuring en ophemeling van zijn vader en genoot van het gezelschap van zijn dieren. Hij bracht de dagen met een glimlach door met het verkennen van de bossen aan de overkant van de rivier en keerde tegen zonsondergang terug met zijn verhalen. Kaïn was boos dat Elokim zijn ouders uit het Paradijs had verjaagd. Abel wilde juist zijn gunst winnen. Op de steen, waarop Adam nog steeds de Ander de beste vruchten van het zweet zijns aanschijns aanbood, legde Abel ook die van hem neer.

'Abel is eenvoudiger. Aklia zou beter voor hem zijn. Zij is niet mooi, maar zij doorziet de wereld. Zij wist vishaken te maken van hertenbotjes en naalden van visgraten. Zij denkt meer dan Luluwa', hield Eva vol.

'Als je je niet zo met Kaïn bezighield, zou je inzien dat Aklia van hem houdt en niet van Abel.'

'Ze zou ook van Abel gaan houden. Het is niet moeilijk van hem te houden.'

'Ik heb niet gezegd dat ze niet van hem houdt. Maar ze geeft de voorkeur aan Kaïn.'

'Wanneer denk je dat ze naar elkaar gaan kijken zoals wij deden nadat wij de vrucht van de boom hadden gegeten?'

'Dat zal niet lang meer duren, Eva.'

'Heb je gezien dat Aklia en Luluwa al borsten hebben?'

'Ja. Zodra zij bloeden, zullen we de jongens hun partner moeten geven.'

'Ik ben zo bang voor die dag, Adam.'

Hoofdstuk 22

Het was langgeleden dat Adam de staken voor de ingang van de grot had gezet om te voorkomen dat dieren binnen zouden komen en hen zouden aanvallen. Maar toch zou het elke dag kunnen gebeuren. Zij waren nu met meer. Zij bewaarden voedingsmiddelen, kookten ze. De geur van hun leven dreef tot ver weg. Wanneer het eten schaars werd en de kou terugkwam, zouden zij gevaar lopen. Het werd tijd weg te gaan. Zij gingen op zoek naar een andere grot. Er waren er heel wat in rotsformaties in de omgeving, maar de grot die zij nodig hadden moest een brede ingang hebben om ervoor een diepe kuil te kunnen graven. De grot moest ontoegankelijk zijn. Alleen zij zouden eroverheen kunnen over boomstammen, die zij 's nachts weg zouden halen.

Een oud idee, zei Eva. Zo had Elokim hun verhinderd naar het Paradijs terug te keren. De afgrond.

Zij zouden hun eigen afgrond maken.

Aklia en Eva vonden er een die geschikt was voor hun doeleinden. Hij was wijd en hoog, met bovenin een gat, waardoor de rook van de vuurplaats weg kon trekken.

Kaïn vond puntige stukken hout om mee te graven. Adam gaf de breedte aan van de kuil die zij wilden graven.

Kaïn en Luluwa waren sterk. Naast elkaar groeven zij gelijk op zonder zich af te laten leiden. Aklia en Abel probeerden hen na te doen. Aklia moest het opgeven. Abel gaf niet toe. Hij wilde Luluwa laten zien dat hij even sterk als Kaïn was, dacht Eva, die naar hen keek. Wat was Elokim van plan dat hij een van haar twee dochters zoveel mooier had gemaakt dan de ander? Waarom had schoonheid zo veel macht? Zij kon zien hoe Abel en Adam Luluwa's bewegingen volgden, naar de kuiltjes in haar dijen keken, naar haar lange benen, haar armen, haar borsten. Je ontkwam er niet aan, zelfs zij niet, het soepele lichaam, dat zich bij het graven oprichtte en vooroverboog, te bewonderen. Adam was zich bewust van de aanwezigheid van Eva, die even onder een boom uitrustte. Hij keek van opzij naar zijn dochter en keek weer snel voor zich, beschaamd over wat het ook was dat hij dacht. Abel verborg zijn fascinatie niet, maar deed dat in alle onschuld. Eva zag hoe Kaïn stopte, Luluwa's arm beetpakte en haar tot voor zijn broer duwde. Van waar zij zat kon zij zien hoe haar zoon dreigend tegenover zijn broer stond en hoe de geschrokken Abel naar zijn vader keek. Die beval Luluwa bij Eva te gaan zitten uitrusten. Ik ben niet moe, zei zij. Dat maakt niet uit, zei Adam. Ga bij je moeder zitten.

Luluwa ging naast Aklia zitten, die bezig was een mat van lianen te vlechten. Op zichzelf, Luluwa. Eva had gemerkt dat zij als klein kind al in een ijl waas was gehuld, dat haar van de anderen afzonderde. Zij was een mooi kind, maar naarmate zij ouder werd, sloot haar schoonheid haar in, zoals de afgrond hen van de Tuin scheidde.

In de natuur, bij de insecten, in de landschappen, onder de planten bestond niets wat in het hart de warme straling opriep die Luluwa alleen door te bestaan teweegbracht. Zij is mooier dan jij, had Adam toegegeven, toen hij tegen haar zei dat hij nooit had gedacht dat enig schepsel haar in schoonheid kon benaderen. Tot voor kort had Eva geloofd dat Luluwa dezelfde argeloosheid als Abel bezat, een absolute, nobele onschuld die niet in staat was de ingewikkeldheid van het leven te bevatten, die hen nooit met rust liet.

Het was gemakkelijk de naïviteit waarmee Abel in de aangeboren goedheid van de wereld geloofde, zijn onveranderlijke opgewektheid, zijn verwondering bij wat de anderen onbegrijpelijk, verdacht of zelfs pervers vonden, als arrogantie op te vatten.

In de Tuin had de Slang tegen haar gezegd dat Elokim niet wilde dat Adam en zij kennis hadden, zodat zij net zo volgzaam als de kat en de hond zouden zijn. Zo was Abel, een mooi, lief, gedwee huisdier, ongekunsteld als een kind.

Maar Luluwa was anders, hoe graag zij ook op dezelfde manier beschouwd wilde worden. Luluwa was zich bewust van de macht van haar stralende verschijning. Die uitoefenen maakte deel uit van haar wezen, van wat haar anders maakte. Maar Eva was er niet zeker van of het effect dat zij op haar broers en ook op Adam had, wel helemaal tot haar doordrong.

Aklia bedekte zich met een van wol geweven tuniek. Luluwa droeg een klein vel om haar middel.

'Je zult je moeten bedekken, Luluwa', zei haar moeder. 'Je bent geen kind meer. Je maakt je broers en ook je vader onrustig.'

'Het is mijn schuld niet dat ik ben zoals ik ben', zei zij.

'Dat weet ik.'

'Hoe komt het dan dat ik naar hen kijk en niet onrustig word? Zij zijn het die op zichzelf moeten letten.'

Eva zweeg. Luluwa sprak weinig, maar wanneer zij iets zei deed zij dat onomwonden.

'Luluwa heeft gelijk', zei Aklia. 'Waarom worden zij onrustig en wij niet?'

'Jij zou willen dat Kaïn door jou onrustig werd, is het niet, Aklia?' zei Luluwa.

'Is dat zo, Aklia?' vroeg haar moeder.

'Ik heb mij altijd dichter bij Kaïn gevoeld', zei Aklia. 'Hij is minder perfect dan Abel. Ik ben minder perfect dan Luluwa.'

'Maar Kaïn is mijn tweelingbroer', zei Luluwa. 'Hij is van mij, ik ben van hem.'

'Abel kijkt niet eens naar mij', zei Aklia. 'Kaïn brengt vruchten en noten voor mij mee.'

'Abel kijkt alleen naar zichzelf. Hij heeft ons niet nodig. Hij heeft niemand nodig', zei Luluwa.

'Hij is erg aardig', zei Eva. 'Hij is gelukkig.'

'Hij twijfelt nooit', zei Luluwa. 'Hij vraagt zich nooit iets af. Hij en zijn dieren kunnen het goed met elkaar vinden.'

Zij zwegen. De drie vrouwen keken naar de mannen, die nog steeds aan het graven waren.

Zou het waar zijn dat alleen zij onrustig werden? Luluwa en Aklia waren nog te jong om het te weten, maar zij voelde de drang wel wanneer Adam 's nachts tegen haar aan lag. Het was zijn nabijheid die dat in haar teweegbracht. Hem alleen zien was niet genoeg. Ja, zij dacht dat Adam mooi was en zij bewonderde de omvang van zijn armen, de breedte van zijn borst en de kracht van zijn benen, maar het waren zijn ogen, de manier waarop hij naar haar keek, die de dag of de nacht voor haar in de geschikte gelegenheid veranderden om in elkaar verenigd te zijn en in de eenzaamheid van hun verbanning de troost te kennen van samen te zijn. De mannen leken er zeker ontvankelijker voor. De schoonheid op zichzelf sprak tot hun lichamen. Wanneer zij hen naar Luluwa zag kijken, vond zij hen vreemden onder elkaar, in de ban van een instinct dat hen ertoe aanzette elkaar de prooi te betwisten. Hoe valt het te begrijpen dat die schoonheid hen op deze manier verontrustte in plaats van die te willen bewonderen? Zij zou het aan Adam moeten vragen, dacht Eva. Abel zou er vast geen antwoord op hebben. Kaïn misschien ook niet. Zou het Luluwa's schoonheid zijn of was er een andere reden? De zon, de maan? Hoever ging dit alles? Wat zou er gebeuren wanneer Adam tegen Kaïn zou zeggen dat Luluwa een paar moest vormen met Abel?

Eva droomde van de Slang. Zij zag haar als voordat zij kroop, rechtop tegen een boom, haar goudkleurige vel vol schubben, haar platte gezicht, de zachte pluim op haar kop.

'Heeft Elokim je vergeven?' vroeg zij.

'In zijn dromen vergeeft hij mij.'

'Wat droomt hij?'

'Hij droomt dat hij spijt heeft. Hij is bang.'

'Wat zal ons gelukkig maken?'

'De onrust. Het zoeken. De uitdaging.'

'Je zei dat Elokim ons alleen heeft gelaten om te onderzoeken of wij in staat zullen zijn naar het punt van vertrek terug te keren. Alleen dan zullen wij gelukkig zijn?'

'Elokims tijd is lang.'

Eva werd wakker. Zij wilde niet wakker worden en deed haar ogen dicht. Wanneer, zeg mij, wanneer zullen wij terugkeren? vroeg zij in het donker. Niemand gaf antwoord.

Hoofdstuk 23

De aanleg van de kuil nam twee volle manen in beslag. Bij de tweede nieuwe maan bloedden Aklia en Luluwa. Eva omhelsde en kalmeerde hen.

'Ik weet niet waarom het gebeurt, maar na het bloed komen de kinderen.'

Aan elk van hen vertelde zij hun geboorte. Aklia en Luluwa begrepen wat het dichte gaatje was dat zij midden op hun buik hadden. Het was de navel. Adam en Eva hadden die niet. Zij vroegen hoelang zij moesten wachten om kinderen te krijgen, wat de bijdrage van de mannen was en waarom Abel en Kaïn op Adam leken.

Eva glimlachte. Alles wilden zij weten.

Het was vroeg. De tijd van regens en kou was aangebroken. De mannen gingen alleen op weg om stammen voor de brug over de kuil te halen. Eva hield haar dochters bij zich. Zij ging met hen op het berenvel zitten. Zij stookte het vuur op en dacht na over de woorden waarmee zij hun zou vertellen wat zij wilden weten.

Zij had in Adam gezeten, zei zij, voordat zij de vrucht van de Boom der Kennis van Goed en Kwaad hadden gegeten, maar Adam was toen nooit in haar geweest. Tot de dag dat zij niet meer eeuwig waren voelden zij niet dat zij elkaar nodig hadden. De dood had hen tot een ander soort eeuwigheid gedwongen, tot het scheppen van degenen die de herinnering aan hen zouden bewaren en voort zouden leven wanneer zij weggingen. Elokim had gezegd dat zij stof waren en tot stof zouden terugkeren. Maar hij gebood hun ook vruchtbaar te zijn en talrijk te worden.

Zij wist niet of het voor hen hetzelfde zou zijn, ging zij verder. In haar geval was er een dag dat zij het diepe verlangen koesterde Adam binnen in zich te voelen.

'Mijn hele huid was vol ogen en handen', zei zij. 'Ik wilde tot de bodem zien. Ik wilde de in Adam geborgen lucht aanraken. Hem inademen. Ik wilde zijn lichaam begrijpen en dat hij mijn lichaam begreep. Ik wilde een andere manier van zeggen, die duidelijker was dan woorden, een manier van praten zoals die van de kat, die langs onze benen strijkt, zodat wij weten dat zij ons herkent. Jullie vader voelde hetzelfde. Wij begonnen met onze monden, onze tongen te verenigen, want daaruit komt wat wij uitspreken. Wij onderzochten ons speeksel, onze tanden en opeens nam een onbekende taal bezit van ons. Het was een hete taal, alsof wij een vuur in ons bloed hadden ontstoken, maar zijn woorden hadden geen vorm. Het leken lange jammerklachten, maar niets deed ons zeer. Het waren zuchten, gekreun, ik weet het niet. Onze handen vulden zich met tekens, met de lust onbegrijpelijke dingen op elkaars lichaam te tekenen. Mijn geslacht werd vochtig. Ik dacht dat ik plaste, maar anders. Bij Adam werd de penis, het ding dat bij mannen tussen hun benen hangt, heel groot. Het was een hand, die naar mijn middelpunt wees. Ten slotte begrepen we dat dat deel van hem in mij moest komen om weer met elkaar verenigd te zijn. Het deed pijn toen hij in mijn vochtige binnenste ging. Ik dacht dat hij er niet in zou kunnen, maar hij paste in de nauwte. In het begin was het een vreemde gewaarwording. Wij begonnen te bewegen. Ik geloof dat Adam dacht dat hij mijn hart zou kunnen aanraken. Hij ging diep in mij, zocht mijn bodem. Wij bewogen heen en weer, net als de zee op het strand. Toen voelde ik dat mijn buik die hand van hem wilde drukken, hem wilde pakken, hem tegemoet wilde gaan. Ik dacht dat ik dat gevoel niet langer zou weerstaan. Toen verspreidde een lichtflits zich door mijn benen naar mijn buik, mijn borst, mijn armen, mijn hoofd. Ik beefde helemaal, net als de aarde wanneer de donder rolt. Adam zei dat het voor hem een overstroming was, een rivier die heftig naar buiten kwam en naar mij stroomde. Hij beefde ook', zei Eva lachend. 'Hij schreeuwde. Ik geloof dat ik hetzelfde deed. Dat was alles. Daarna vielen we in slaap.'

'We hebben het vaak weer gedaan toen we al hier, in deze grot, buiten het Paradijs woonden. Zo troostten wij elkaar. Iets hebben we gewonnen bij het verlies van de eeuwigheid van de Tuin. Liefde noemen wij het. Door de liefde te bedrijven heeft Adam zich met jullie en met Kaïn en Abel vermengd. Ik denk dat zij daarom op hem lijken.'

Aklia en Luluwa zaten in gedachten verzonken. Zij hadden geboeid naar haar geluisterd. Ik heb het hun zo eenvoudig mogelijk uitgelegd, dacht Eva, die vreesde wat er zou volgen, de vraag die niet uitbleef: Met wie zullen wij de liefde bedrijven? Zullen onze kinderen op Kaïn of op Abel lijken?

Hoofdstuk 24

Zij dachten dat zij niet veel naar de nieuwe schuilplaats hoefden mee te nemen, maar toen zij langs de rand van de vlakte voortliepen, leken de vrouw, de man en de kinderen een rij marcherende mieren.

Eva liep langzaam, raakte achter. Pas toen zij de schelpen, de botten en de kleine en grote dingen die bij haar hoorden bijeenbracht, vroeg zij zich af waarom zij had geaccepteerd die vertrouwde plek te verlaten, waar de hoeken en spleten de kroniek van haar leven bewaarden. Zij was verbaasd toen zij in de verspreide bergplaatsen onder rotsen of in gaten in de wand hoektanden van dieren, gladde, doorboorde stenen uit de rivier, het skelet van een vis, een zeester, een veer van de Feniks, de droge navelstrengen van haar kinderen vond. Het zien van alles wat zij had bewaard was het erkennen van de volle omvang van de tijd die was verlopen sinds Elokim hen uit de Tuin had verjaagd. Droefheid nam bezit van haar, de droefheid van het vanaf een afstand naar zichzelf kijken, alsof de persoon die dat alles had bewaard een herinnering aan haarzelf was. Beelden van het begin bevolkten haar geest, terwijl zij haar kinderen wees wat weg moest en wat kon blijven, de gelooide huiden, de beschilderde kommen, de pijlen en de vuurstenen, de dikke, vruchtbare lemen figuren die zij voor de grap van klei had gekneed op dagen dat zij alleen achterbleef en zich als een zee voelde die op het punt stond te verdrinken. Zij bedacht dat zij er niet weg wilde gaan. Zij had het voorgevoel dat, wanneer het stil zou worden en alleen haar wandtekeningen daar nog zouden zijn, de Eva die daar had bestaan net als de Tuin zou oplossen. Zij overwoog of zij hun koortsachtige activiteit zou laten stoppen om het naargeestige geluid dat de lege grot in haar borst liet weerklinken, met Adam te delen. Zij werd ervan weerhouden door het enthousiasme van de anderen. Zij verlangden ernaar de nieuwe schuilplaats uit te proberen, de kuil, die zij gemaakt hadden, te passeren.

Adam haalde haar op het pad in. Hij droeg de leren zakken met speren, vishaken, pijlpunten. Hij bemerkte haar trage pas, haar gebogen hoofd, haar tegenzin.

'We kunnen naar de oude grot terugkeren wanneer we maar willen.'

'Maar naar die tijd niet meer, Adam.'

Waarom zou zij naar die tijd terug willen, zei hij, naar die eenzaamheid, die ongeregelde situatie.

'Ik weet het niet', zei zij. 'Omdat wij jonger waren of omdat de dagen nieuwer leken en wij dachten dat we meer zouden kunnen doen dan met overleven bezig te zijn. Soms denk ik dat dat het enige is wat wij doen.'

Dat was volgens hem de uitdaging, zei hij, aantonen dat zij in leven konden blijven.

In leven blijven voor wat, zei zij. Wat was de zin van het anders zijn dan de dieren als het alleen maar daarom ging? Als zij van de verboden vrucht had gegeten, was het met de gedachte dat er meer moest bestaan.

Misschien bestond er meer en was het de bedoeling dat te ontdekken, zei hij. Zij was bang dat zij het nooit zouden ontdekken, zei zij.

'Je bent verdrietig', zei Adam. 'Verdriet is als rook. Je kunt er niet doorheen zien.'

Zij kwamen bij de schuilplaats. De ijver van de jongens gaf haar weer moed. Zij hadden goed werk verricht. Met lianen hadden zij dunne stammen aan elkaar gebonden, zodat de brug niet te zwaar werd en zij hem 's avonds weg konden halen. De kuil was diep genoeg en de grot was ruim, met meer licht. Dieren zouden de grot kunnen belagen, maar konden er niet binnenkomen.

Het installeren nam niet veel tijd in beslag. Elk regelde zijn zaken. Het was interessant te zien hoe zij hun plek kozen en hun werktuigen ordenden: stenen die zij moeizaam bewerkten, maar die zij geleidelijk glad hadden geslepen, stokken met een scherpe punt voor de jacht, gereedschap om te snijden en te villen. Luluwa had goudkleurige kralen, die zij bewaarde, stro en grassen om manden te maken; Aklia had botjes van dieren voor vishaken en zelfs instrumenten om schapenvachten te kaarden; Abel stokken en herdersstaven en Kaïn werktuigen om gaten in de grond te maken waarin hij de zaden deed die hij verzamelde.

In de eerste nacht die zij in de grot doorbrachten werd de maan rood. Abel kwam binnen en riep: de hemel eet de maan op. Zij renden naar buiten. Aan het firmament zagen zij de volle maan en een zwarte mond, die in de rand beet. De mond werd wijder en wijder, een mond van rook die de glans van de bleke, weerloze cirkel midden in de hemel doofde. Onbegrijpelijk. Een teken, dacht Adam. Uit vrees voor Eva's bezorgdheid had hij het bevel van Elokim niet opgevolgd: Abel met Luluwa, Kaïn met Aklia. Nu at hij de maan op. De nachten zouden zwarter worden. Hij keek naar Eva. Zelfs in het donker zag hij dat zij van streek was.

Wat is dit? Wat gebeurt er? vroegen de kinderen. Eva had pijn in haar buik.

Adam had gelijk. Wat zij ook mocht denken, deze keer mocht zij niet tegen Elokim ingaan, de dromen van de man verwerpen, terwijl zij in haar dromen de Slang zag en met haar praatte. Het was onmogelijk de straffen te voorspellen die Elokim hun zou opleggen als zij opnieuw ongehoorzaam waren, als opnieuw zij de aanleiding was tot de ongehoorzaamheid van de man. En toch was de afgelopen dagen het duistere voorgevoel van een onheil in zijn lichaam gekropen. De maan kreeg de kleur van amandelen. Rossig en rond scheen zij op een voetstuk te rusten aan een hemel waarvan het glanzende oppervlak ineens op een zee leek.

'Het is een wolk', zei Eva om de tweelingen gerust te stellen. 'Zij had het koud en wikkelde zich in een wolk.'

Adam ging naar haar toe. Hij wees naar de hemel en keek Eva strak aan. Zij begreep hem.

'Doe het', zei zij. 'Spreek met hen.'

Even later zagen zij de maan van achter de koperkleurige sluier weer verschijnen. De volle maan. Gered.

Hoofdstuk 25

Een tijd geleden had Adam, het spoor van bizons volgend, in het noorden een vruchtbare, door bergen omgeven vallei gevonden, waar het wild overvloedig was. Daar zou hij zijn zoons heen brengen, hij zou met hen praten en hun laten weten met welke zuster elk van hen zou gaan samenleven. Eva wilde Aklia beschermen. Zij vreesde dat Kaïn haar als plaatsvervangster van Luluwa zou afwijzen. Zij had Adam gevraagd zich ervan te overtuigen dat hij hem tot rede had gebracht voordat hij terugkwam.

Een paar dagen later vertrokken zij vroeg in de ochtend. Eva kwam naar buiten om hen uitgeleide te doen, waarbij zij niets van haar zorgen liet merken. Zij liep met hen mee tot de zon hoog aan de hemel stond. In de verte lagen de donkere bergen onder een dreigende herfsthemel. De dorre bladeren op de grond knerpten onder hun voetzolen. Het water in de rivier was ondoorzichtig, vuil van de regens die de aarde, de wortels en de stenen van de oevers losmaakten.

Toen zij afscheid namen, vroeg Eva aan hen hun arm omhoog te steken wanneer zij bij de rand van de vallei waren gekomen, waar de begroeiing dichter begon te worden. Zo zou zij hen in de verte nog één keer kunnen zien. Zij bemerkte de bevreemding van de jongens, die eraan gewend waren dat zij zonder veel omhaal afscheid van hen nam. Kaïn zou denken dat zij het voor hem deed, dacht zij. Gewoonlijk gingen zij niet alle drie samen weg. Zijn vader vroeg hem zelden met hem mee te gaan. Hij vertrok met Abel en liet hem met de vrouwen mee of alleen op zoek gaan naar paddestoelen of naar vruchtbare grond om zijn zaden in te planten. Je zag dat het hem plezier deed dat zijn vader hem deze keer meenam. Abel was ook in een goede stemming. Hij hield van zijn broer. Als jongetje liep hij altijd achter hem aan en deed hij hem na. Vaak eindigden zijn pogingen met hem mee te doen in de onvermijdelijke ongelukjes van de kindertijd. Dan kreeg Kaïn de boosheid van zijn vader te verduren, die hem verweet dat hij niet op zijn broertje had gelet.

Eva wachtte op een heuvel tot de mannen, na de beloofde groet, in de verte in de begroeiing verdwenen.

Toen ging zij in het gras zitten en begon te huilen.

'Eva, Eva, bewaar je tranen.'

De Slang zat naast haar. Zij kroop niet. Zij zag er net zo uit als toen zij haar voor het eerst in het Paradijs had gezien.

'Ik heb van je gedroomd', zei Eva verbaasd. 'Ik droomde van je zoals je vroeger was, zoals je nu bent. Heeft Elokim je vergeven?'

'Ja.'

'Denk je dat hij ons ook zal vergeven?'

'Op zijn manier, misschien.'

'Wat gaat er met mijn kinderen gebeuren?'

'Zij zullen Goed en Kwaad kennen.'

'Zullen zij lijden?'

'Ik heb je al gezegd dat kennis doet lijden.'

'Je spreekt altijd zo dat ik je niet begrijp.'

'Ik kan niet op een andere manier praten.'

'Zeg mij wat het Kwaad is. Ben jij het Kwaad?'

De Slang lachte.

'Ik? Doe niet zo gek. Kwaad, Goed, alles wat op deze planeet is en zal zijn vindt hier zijn oorsprong: in jou, in je kinderen, in de komende generaties. Kennis en vrijheid zijn gaven, die jij, Eva, voor het eerst hebt gebruikt en die je nakomelingen zelf weer zullen moeten leren gebruiken. Zij zullen je vaak de schuld geven, maar zonder deze gaven zal het bestaan voor hen ondraaglijk worden. De herinnering aan het Paradijs zal in hun bloed zwemmen en als zij erin slagen Elokims spel te begrijpen en niet in de val te lopen die hij zelf voor hen zal zetten, zullen zij de cirkels van de tijd sluiten en zullen zij inzien dat het begin ook het eind kan worden. Om daar te komen beschikken zij alleen over vrijheid en kennis.'

'Zeg je nu dat wij op eigen gezag Goed en Kwaad zullen scheppen?'

'Er is niemand anders. Jullie zijn alleen.'

'En Elokim?'

'Hij zal af en toe aan jullie denken, maar zijn vergeetachtigheid is net zo groot als zijn geheugen.'

'Wij staan alleen.'

'Op de dag dat jullie dat accepteren zullen jullie werkelijk vrij zijn. En nu moet ik gaan.'

'Los je op, als in de Tuin? Zullen wij elkaar nog een keer zien?'

'Ik weet het niet.'

'Ik denk het wel. Ik denk dat jij mij niet zult vergeten.'

'Accepteer dat je alleen bent, Eva. Denk niet aan mij, niet aan Elokim. Kijk om je heen. Gebruik je gaven.'

De Slang verdween plotseling in de middaglucht. Eva liep terug. Het waaide hard. Er kwam onweer. Zij vroeg zich af of zij tegen de werkelijkheid van het alleen zijn zouden kunnen. Zouden zij zo alleen staan? Zij dacht aan de vellen, waarmee zij zich hadden bedekt toen zij niet meer in de Tuin waren, aan de wind, die hen van de dood had gered toen zij zich van de berg omlaag hadden gestort, aan de roodkleurige maan, die zich kortgeleden had verscholen. Waarom die tekens? Zou de Slang willen dat zij Elokim vergaten? Het was waar dat als zij alleen waren het niemand anders dan hun toekwam Goed en Kwaad te kennen, te leren leven zonder iets anders te verwachten dan wat zijzelf zich verschaften, zonder hulp de zin van het bestaan te bepalen. Dat was misschien de vrijheid waarvan de Slang sprak. Als Elokim hen er toe had aangezet die vrijheid te gebruiken om hen te vergeten en weg te gaan om andere werelden te scheppen, dan was kennis, alles wat er tot nu toe gebeurd was, tot de verdrijving uit de Tuin toe, een geschenk geweest en niet een straf; een blijk van vertrouwen dat zij en allen die na hen zouden komen en die uitgestrektheid zouden bewonen, zelf een manier van leven zouden vinden en opbouwen die hun een troost zou zijn voor de zekerheid van de dood. Maar hoe de opdracht te verklaren? Kaïn met Aklia, Abel met Luluwa? Hoe zou hun vrijheid in stand blijven als zij tegen hun hart in moesten handelen om te gehoorzamen aan onbekende aanwijzingen als deze? Waarom moesten zij steeds geconfronteerd worden met de pijn van dat dilemma, gehoorzamen of ongehoorzaam zijn, met de straffen? Nee, dacht Eva. Wij zijn niet alleen. Het zou beter zijn als we het wel waren.

Zij keerde terug naar de grot. Het motregende. Luluwa en Aklia zaten in de grot manden van palmbladeren te vlechten, waarin zij vruchten verzamelden. De stilte van het voorgevoel drukte op hen. Zonder dat Eva of Adam hun iets hadden gezegd, begrepen Aklia en Luluwa dat de tocht van hun vader met de jongens meer was dan op jacht gaan. Zij hadden gebloed. Zij waren vrouwen. Het leven wachtte in hen.

Wanneer komen ze terug? vroegen zij. Het zal niet lang duren, zei Eva. Zij voelde het gemoed van haar dochters aan alsof het haar eigen hart was, maar zij had geen zin hen te waarschuwen voor wat hun te wachten stond. Zij vormde de woorden, kauwde erop, voelde ze in haar adem bewegen, maar iets in haar weigerde ze uit te spreken. Zij wilde dat hun lichaam licht bleef, de pijn voor hen uitstellen, het dichte weefsel, waarin hun leven tot nu toe gehuld was en dat die woorden, als zij ze uitsprak, zouden verscheuren, zo lang mogelijk in stand houden. Zij had nooit gedacht dat zij een zwaardere pijn zou ervaren dan bij de geboorte van haar kinderen, maar de pijn die deze dagen de lucht doorsneed die zij inademde was even wreed als die welke in haar geheugen stond gegrift. Weten dat zij zouden lijden en dat zij hun weinig troost zou kunnen geven was een beklemming, die haar borst kwelde. Zij droomde dat zij achter hen stond, terwijl zij langs afgronden, woeste rivieren, bosbranden gingen. Zij droomde dat haar stem in haar keel bleef steken wanneer zij probeerde hen voor het gevaar, de afgronden, de wilde beesten te waarschuwen.

Hoofdstuk 26

De dagen gingen voorbij. Eva trok naar de rivier om vissen en krabben te vangen. De bladeren begonnen aan de bomen te vergelen, het rook naar natte aarde en de droevige lucht van een stervende zomer dreef boven het landschap. Zij ging met de mand van palmbladeren aan de oever zitten en wachtte tot de vissen dichterbij kwamen. Zij keek naar de glinstering van het water, de helderheid, het schuim van de stroming die langs de rotsen kolkte. Misschien overdreef zij haar zorg, dacht zij. Wat is er met mij? Zij kon zich een dergelijke neerslachtigheid niet herinneren. Waarom niet gewacht tot haar kinderen zich naar elkaar schikten? Zij hielden van elkaar. Het waren broers en zusters. Zij zouden niet uit elkaar moeten gaan, niet van liefde moeten afzien. Zonder de lichamelijke intimiteit te kennen zouden zij het afzien daarvan met minder pijn verdragen dan zij voorvoelde. De diepte van haar verlangen naar Adam kennende, veronderstelde zij die misschien net zo groot bij Kaïn en Luluwa. Abel zou geen bezwaar hebben tegen zijn levensgezellin. Aklia gaf de voorkeur aan Kaïn. Hoezeer zij zichzelf ook probeerde te overtuigen, zij kon zich niet voorstellen dat Luluwa en Kaïn zich erbij zouden neerleggen niet naar het instinct te luisteren, dat hen van jongs af met elkaar verstrengeld had gehouden.

Zij hoorde voetstappen op de droge bladeren. De Slang, dacht zij. Zij keek op. Het was Kaïn.

Hij kwam vol woorden. Elk woord met het gewicht van een scherpe steen. Als een salvo gooide hij ze er achter elkaar uit. De hoon, de hartstocht, de snijdende hardheid waren nieuw in de lucht van de Aarde. Waar had Kaïn die manier om zijn speeksel bitter te maken vandaan? Zij richtte zich op en keek hem met wijdopen ogen aan, haar hartslag klopte in haar oren. Hij leek in rots veranderd te zijn. Helemaal hard. Hard zijn gezicht, de brede mond vertrokken, alsof de woorden meer ruimte innamen dan zijn tanden konden bergen. Hij had het over slaan, verbrijzelen, verpletteren, begraven. Hij verweet haar dat zij hem had gebaard, dat zij de vijg had gegeten, dat zij het Paradijs was kwijtgeraakt, dat zij had toegelaten dat Adam, die idioot, alleen van Abel hield. Alleen toen hij Luluwa's naam noemde, haperde zijn stem en, zich bewust van het effect, stopte hij om de krenkende toon te hervatten en zonder een spoor van broederliefde het vreemde gezichtje van Aklia te beschrijven, dat zij zolang zij leefde niet minder mooi zou kunnen vinden dan dat van welk ander kind ook. Het was wat zij hem over haar hoorde zeggen dat Eva uit haar woordloze, gepijnigde verbazing haalde.

'Ga naar de oude grot, Kaïn, en kom niet terug tot je mij om vergeving komt vragen.'

Rechtop, met gestrekte arm naar de verte wijzend, van pijn in woede ontstoken zag zij hem bang worden voor haar felle blik. Zij hoorde zijn voetstappen in de dorre bladeren toen hij zich omdraaide en wegliep, terwijl hij met de stok in zijn hand tegen stenen, takken en alles op zijn weg sloeg.

Het besluit van Adam en de wil van Elokim hadden als een aardbeving het sterke, intieme weefsel van hun bestaan dooreen geschud. Geschreeuw, verwensingen, gehuil, de verloren blik van Aklia en de bedeesde stilte van Abel was wat Eva aantrof, toen zij van de rivier terugkeerde. Adam, in de war, liep heen en weer.

'Zijn woede deed mij denken aan de dag dat ik met mijn blote handen de berin doodde. Kaïn viel mij aan. Daarna ging hij Abel te lijf, die zijn gezicht met zijn handen bedekte. Ik moest Kaïn van hem aftrekken. Toen begonnen ze allebei te huilen. Kaïn rende weg, hiernaartoe. Abel zei geen woord. De hele weg hierheen heeft hij niets gezegd. Ik praatte met hem, legde het uit. Het was verschrikkelijk', zei hij.

Eva nam hem mee naar buiten. Zij bracht hem naar een paar rotsen in de schaduw van een groep palmbomen, die bij hun nieuwe schuilplaats groeiden. Zij beefde nog, van angst en ergernis. Zij ging met haar rug tegen een steen zitten. Zij wist niet hoe botten braken, maar zij vermoedde dat er onzichtbare botten waren, die konden breken en je slap konden maken.

'Wat gaat er gebeuren, Adam? Het lijkt wel weer een straf.'

'Wij hebben gehoorzaamd. We hebben de tekens in de lucht gezien. Jij gaf toe.'

'We zijn het Paradijs kwijtgeraakt. Wat zullen wij deze keer kwijtraken?'

'Ik weet het niet, Eva. Misschien is dit de proef voor onze kinderen. Elokim zal hun vrijheid op de proef willen stellen, hij zal willen weten of zij hem zullen gehoorzamen.'

'Ik weet niet wat voor vrijheid dat is.'

Eva schudde haar hoofd. Zij bedekte haar gezicht met haar handen. Zij kon niet huilen. Zij wilde haar kinderen beschermen. Zij wilde zich niet bij de gedachte neerleggen dat dit de val was die hun hun onschuld zou doen verliezen. Vrijheid was een gave, had de Slang gezegd. Maar het leek wel of Elokim zelf vrijheid niet begreep. Hij wilde dat zij vrij waren, maar verstrikte hen met die onbegrijpelijke opdrachten. Waarvan was hij gemaakt? Ook van twijfels, zoals wij?

'Wat moeten we doen, Adam? Hoe brengen wij ze tot bedaren?'

'De tijd, Eva. Kaïn en Abel zijn broers. Kaïn zal begrijpen dat het niet Abels beslissing was', zei Adam. 'Hij zal moeten begrijpen dat er bloedstromen zijn die niet met elkaar vermengd mogen worden. Ik zal hen samen offergaven laten brengen. Jij en ik zullen hun laten zien dat zij zich moeten verzoenen, dat zij Elokims bedoelingen moeten begrijpen.'

'Even goed als jij en ik die begrijpen?' vroeg Eva ironisch.

De volgende dag was Kaïn niet teruggekomen.

'Ik zal Aklia sturen om hem te halen', zei Adam.

'Nee! Niet Aklia!' riep Eva. 'Ik ben bang dat hij haar kwaad zal doen. Ik zal Luluwa sturen. Naar haar zal hij luisteren. Praten zal hun allebei goed doen.'

Eva liet Luluwa opstaan uit de hoek van de grot, waar zij sinds de vorige avond opgerold had gelegen, de benen tegen haar borst, het gezicht tussen haar knieën, snikkend. Zij was zo jong. Haar figuur en haar gelaatstrekken lieten de jeugd achter zich, haar lichaam stamelde een nieuwe taal. Eva vroeg zich af wat haar kinderen voelden, hoe de overgang naar de ontluikende rijpheid zou zijn, die zij en Adam niet hadden gekend. Wat zij wel wist was hoe onbedwingbaar het verlangen was ongehoorzaam te zijn aan eisen waarvan je de reden niet inzag. En zij kende ook de gevolgen daarvan.

'Ga Kaïn zoeken, Luluwa.'

Aklia begon te huilen. In het ontstelde gezicht van Adam lag een stille vertwijfeling.

Luluwa vertrok rond het middaguur en keerde tegen de avond met hem terug. Vele uren later. Eva keek naar hun gezichten, waarin geen verdriet te lezen was. Ze zijn ongehoorzaam geweest, dacht zij. Zij ook.

Kaïn knielde voor Eva en vroeg haar om vergiffenis. Eva omhelsde hem en drukte hem dicht tegen zich aan. Wat zal jouw straf zijn, mijn zoon? Dacht zij.

Hoofdstuk 27

Adam gaf opdracht de geschenken klaar te maken die zij als offergave voor Elokim mee zouden nemen.

Kaïn wilde die van hem niet samen met Aklia gaan verzamelen. Toen Luluwa met Abel vertrok, was hij bezig op zijn hurken zijn werktuigen gereed te maken. Het meisje keek hem in het voorbijgaan met vlammende ogen aan. Eva ving hun blikken op. Zij zag Kaïns arm verstrakken, de verkrampte hand op de slijpsteen.

Het altaar, waarop Adam gewoon was zijn offergave neer te leggen, bevond zich niet ver van de oude grot, ten zuiden van de berg, die zich als enige midden in de leemkleurige vlakte verhief.

Kaïn haastte zich. Zijn broer had een voorsprong op hem, omdat hij eerder was vertrokken, maar Abel kennende wist hij dat het hem tijd zou kosten een schaap uit zijn kudde te kiezen. Hij ging naar de moestuin, waar hij pompoenen had gezaaid. Hij sneed er een paar af, de eerste die hij zag, en voegde er een bundel korenaren en een tros druiven aan toe. Hij deed dit alles haastig en het lukte hem op de plek aan te komen juist toen Abel en Luluwa er aankwamen. Zijn broer droeg een geofferd schaap over zijn schouders. Vast en zeker zijn beste schaap. Het was mooi en dik en het bloed van de slacht had Abels nek en borst besmeurd.

Kaïn ging als eerste voor het altaar van Adam staan. Hij legde zijn offergave erop. Abel kwam naderbij.

Hij wilde het schaap naast de geschenken van zijn broer leggen, maar die sneed hem de pas af.

'Het spijt me, Abel. Je zult een andere plek voor je offergave moeten zoeken.'

'Ik dacht dat wij het samen zouden doen.'

'Je vergist je.'

'Maar er is genoeg plaats.'

Kaïn duwde hem weg. Hij spande de rechterzijde van zijn lichaam en gaf hem een duw die hard genoeg was om de ander uit zijn evenwicht te brengen.

'Kaïn!' riep Luluwa uit.

'Jij houdt je mond', schreeuwde Kaïn.

Abel nam zijn broer ongelovig van top tot teen op, deed een paar passen opzij en begon stenen te verzamelen om zijn eigen altaar te maken. Zijn bruuske bewegingen verrieden zijn verbijstering en ongenoegen.

Kaïn lette vanuit zijn ooghoeken op zijn broer. Luluwa zat met gebogen rug op een rots, haar armen gekruist tegen haar buik, en schoof met haar voet zenuwachtig over de grond.

Even later was Abel klaar met het geïmproviseerde altaar, waarop hij het schaap legde. Daarna knielde hij en bleef stil met gesloten ogen zitten.

Kaïn knielde ook. Hij voelde zijn hart kloppen in zijn armen, zijn benen, voortgestuwd door een allesoverheersende woede, die hem verhinderde te denken of te bidden.

De donkere lucht voorspelde een regenbui. Luluwa keek naar de zwarte, onheilspellende wolken aan de horizon. Zij voelde de wind opsteken, in de bomen blazen.

Plotseling werden zij door de lichtflits van een bliksem verblind. Zij roken de geur van geschroeid vlees. Hij was precies op Abels schaap gevallen en had het verteerd.

Op de stenen lag alleen nog het silhouet van het dier en een hoopje as.

Abel keek Kaïn aan en lachte gelukzalig.

'Geprezen zij Elokim', zei hij hardop en hij knielde.

Vervloekt jij, Elokim, dacht Kaïn, vervloekt jij. Je geeft de voorkeur aan mijn broer, net als mijn vader.

Hij had de stem van Elokim nog nooit gehoord. Toen die opeens in zijn hoofd weerklonk, begon hij te beven. Duidelijk hoorde hij het protest: Waarom vervloek je mij, Kaïn, waarom ben je bedroefd? Als je attent en eerlijk bent, zal ik je offergave aanvaarden. Wanneer je mij beledigt, beledig je jezelf.

Hij rende beschaamd weg, berouwvol. Hij stopte niet tot hij bij Eva was. Hij drukte zich tegen haar aan, net als toen hij nog een kind was.

'De Stem heeft tegen mij gesproken. De Stem heeft tegen mij gesproken', herhaalde hij. 'Ik heb hem gehoord, moeder. Ik heb hem gehoord.'

Eva wiegde hem, kalmeerde hem. Kaïns verwarring verscheurde haar hart. Al haar kinderen hadden ooit weleens gemeend Elokims stem te hebben gehoord. Allemaal, behalve Kaïn. Nu hij hem had gehoord, begreep zij dat hij, naast de schrik, het gevoel had dat hij eindelijk meetelde. Adam kwam binnen, zag Kaïn in Eva's armen en hoorde van haar wat er gebeurd was. Voordat hij kon reageren, hoorden zij Abel en Luluwa binnenkomen. Kaïn sprong weg van zijn moeder en ging met een grimmig gezicht met zijn rug tegen de rotswand in een hoek zitten. Abel kon zich niet inhouden.

Elokim zelf had zijn offergave in een bliksemstraal meegenomen, zei hij vreugdevol. Zij hadden het moeten zien, riep hij uit. Van het schaap, dat hij op de offerstenen had gelegd, was alleen een hoopje as over.

Luluwa bevestigde niet alleen wat Abel zei, maar vertelde ook van de ruzie tussen de broers. Zij verweet het Kaïn. Zo zou hij geen begrip bij Elokim vinden, zei zij. Kaïns ogen schitterden in het donker. Ontoegankelijk. Hij zweeg. Hij liet hen Abel roemen en hem laken. Aklia keek van opzij naar hem. Zij ging naast hem zitten en wilde zijn hand pakken, maar hij duwde haar met een armbeweging van zich af, die niemand meer voelde dan zij.

Die nacht sliep Kaïn niet. In het maanlicht dwaalde hij rond bij de grot. Eva ging naar buiten en zag het gekwelde silhouet, voelde de woede van zijn voetstappen. Verdrietig ging zij weer bij Adam liggen, maar kon de slaap niet vatten.

De volgende dag ging Kaïn met Aklia naar de akker. Adam dacht dat hij rustiger was. Luluwa was onrustig tot zij terugkwamen. Eva slaagde er niet in de geluiden in haar binnenste te sussen. Het zal de herfst zijn, dacht zij, zien hoe alles langzaam sterft. De bomen, die hun bladeren verliezen, de nachtelijke kou, de roep van uilen, het geluid van voetstappen die alleen in haar verbeelding bestonden. De gespannen wereld, gereed voor de sprong, herinnerde haar aan de stilstaande lucht na het eten van de vrucht van de Boom der Kennis van Goed en Kwaad.

De moeder trok Aklia tegen zich aan.
'Kaïn houdt niet van mij', zei zij. 'Kaïn niet en Abel niet en Luluwa niet en mijn vader niet. Wat ben ik, moeder? Wat is mijn bestemming? Ik zie de groepen apen en vaak wil ik zo met ze meegaan.'
'Maar je bent niet een van hen, Aklia.'
'Ik zou me prettiger voelen. Niemand zou me afwijzen.'
'Wat weet je, meisje?'
'Ik weet dat Kaïn niet met mij gaat samenleven. Wat weet jij, moeder?'
'Je bent geen aap.'
'En wat maakt het uit als ik het wel was? Dan zou ik tenminste weten wie ik ben.'
'Maar jij denkt.'
'Hoe weet je dat zij niet denken?'
'Zij overleven alleen. Zij praten niet.'
'En is dat verkeerd?'
'Ik weet het niet, Aklia. Soms weet ik niet wat Goed is en wat Kwaad. Ga maar lekker slapen.'
Eva dacht lang na over Aklia's woorden. Haar gezicht deed

haar aan de aap denken die haar in het dal uitgenodigd had in een boom te klimmen en haar later de weg terug naar de grot had gewezen. Zij drukte haar tegen zich aan. Zij huilde geluidloos. Haar tranen vielen op het haar van haar dochter.

Hoofdstuk 28

Afgezonderd van alle anderen wijdde Kaïn zich aan zijn zaden. Hij haalde de oogst van linzen en graan binnen en bewerkte de grond voor de voorjaarsgewassen. Hij kwam op onverwachte tijdstippen terug in de grot. Hij hield Luluwa en Abel in de gaten. Hij weigerde met Aklia te spreken.

Adam weigerde mee te gaan in de hen bedreigende zwaarmoedigheid. Tot nu toe waren zij in leven gebleven en dat zouden zij blijven doen. Hij en Eva zouden zich voortplanten als de kinderen dat niet deden. Kaïns ongenoegen zou mettertijd wel bedaren. Als zijn moeder en hij het verlies van het Paradijs verdroegen, dan zou hij ook weerstand moeten bieden. Zij moesten wachten. De tijd verliep en nam het verzet met zich mee, je aanvaardde wat je niet kon veranderen. Eva zag er moe uit. Zij sliep slecht.

De routine van de jacht kwam weer terug. De winter naderde en zij moesten zich voorbereiden op de koude, donkere nachten, op de harde grond en de kale bomen. Abel en Adam trokken er weer samen op uit, Luluwa en Eva verzamelden paddestoelen, kruiden en vissen.

De nachten waren gespannen, vol geluiden en voetstappen. Eva hield haar ogen stijf dicht en wilde niet zien wie er rondliep. Zij dwong Adam rustig te blijven. Een keer meende zij vroeg in de ochtend aan de andere kant van de kuil een troep apen te horen. Zij kwam overeind en zocht Aklia. Zij zag haar niet, maar 's morgens was zij er als altijd. Het was een droom, zei zij tegen zichzelf.

De dag kwam dat Kaïn zijn afstandelijke houding had afgelegd. Eva dacht dat zij misschien weer als vroeger zou kunnen slapen in plaats van de lichte, door geluiden onderbroken slaap, waarvan zij niet meer wist of ze echt of denkbeeldig waren. Zij zag Kaïn naar Abel toe gaan en zag hen met elkaar praten. Zij moest zich afwenden om haar tranen van opluchting te verbergen.

De volgende ochtend gingen de twee broers samen op pad. Eva zag hen in een sfeer van vreedzaamheid vertrekken. Adam, die gebogen stond over de geul die hij aan het graven was om het water van de rivier naar de grot te leiden en zo de af te leggen afstand om de dorst te lessen te bekorten, lachte naar Eva.

De dag verliep glad en helder. Tegen de schemering was Eva bezig kruiken te beschilderen, Aklia maakte vishaken en Adam was bijna klaar met de watergeul. Het geluid van dorre bladeren, van iemand die aan kwam hollen, deed hen opkijken.

Luluwa kwam hijgend tussen de struiken vandaan.

Wat was het dat Luluwa's ogen zeiden, wat had haar geschokt? Eva stond haastig op.

'Wat is er gebeurd?' vroeg zij.

Luluwa opende haar mond. Er kwam geen geluid uit.

'Wat is er gebeurd?' herhaalde haar moeder.

Adam en Aklia hielden op met wat zij aan het doen waren.

'Kaïn heeft Abel geslagen. Abel maakt geen geluid meer. Hij ligt op de grond, zijn ogen zijn open.'

Luluwa begon te praten. Zij vertelde dat zij, toen zij in de voormiddag manden aan het vlechten was, merkte dat het nutteloos was te proberen haar handen de weg van haar gedachten te laten volgen. Onrust maakte dat zij besloot Kaïn en Abel te gaan zoeken. Ongerust ging zij weg zonder iemand te waarschuwen, want zij had het gevoel dat haar hoofd vol zoemende insecten zat en dat vogels doelloos in haar borst rondfladderden. Op haar snelle benen kwam zij algauw bij de korenakker. Zij vroeg zich af waar Kaïn Abel heen zou brengen, want daar waren zij niet, ook niet bij de rivier waar de paddestoelen groeien en ook niet bij het veld met oranje pompoenen. Zij dacht aan de oude grot, de vijgenbomen, de perenbomen. Hijgend rende zij verder, de apen in de bomen en de wilde zwijnen opschrikkend, terwijl doorns haar huid schramden. Toen zij bij de perenboomgaard kwam, rook zij de geur van Kaïn. Zij snoof de lucht op en liep terug naar de eenzame berg. Zij klom op een paar rotsen om te zien of zij vandaar haar broers kon ontdekken. Op een vlak stuk van een helling ontwaarde zij een silhouet. Zij rende er schreeuwend naartoe om Kaïn duidelijk te maken dat hij niet weg moest gaan, dat hij op haar moest wachten.

Toen zij er was, boog zij voorover om de pijn in haar zij tot bedaren te brengen.

'Ik dacht dat Abel op de grond lag te slapen en dat Kaïn naast hem over zijn slaap waakte. Maar toen hoorde ik het gekreun van Kaïn. Hij zat met zijn hoofd tussen zijn knieën en met zijn handen ineengestrengeld in zijn nek wiegde hij zich van voor naar achter. Toen hij mij zag, gaf hij een schreeuw en begon hij te huilen. Wat is er met Abel, Kaïn?

En hij zei: Hij is dood, Luluwa, ik heb hem doodgemaakt.

Hij is dood, Luluwa, ik heb hem doodgemaakt. Hij is dood, Luluwa, ik heb hem doodgemaakt. Hij is dood, Luluwa, ik heb hem doodgemaakt. Eva hoorde de zin en alle woorden van de wereld verdwenen, behalve deze. Zij wilde denken en alleen hij is dood, Luluwa, ik heb hem doodgemaakt, zij wilde spreken en alleen hij is dood, Luluwa, ik heb hem doodgemaakt. En het was die woorden zien, het beeld dat Luluwa beschreef zien: Abel op de grond en Kaïn die steeds weer die zin zei.

Luluwa ging verder.

'Heb je hem doodgemaakt, vroeg ik hem, zonder het te kunnen begrijpen. Ik bedacht dat wij nooit een van ons hadden zien sterven. Ik dacht dat Kaïn zich vergiste. Toen knielde ik bij Abel neer en begon hem te roepen. Ik zag het bloed onder zijn hoofd. Een rode aureool. Ik zag dat Abel strak naar de hemel keek. Ik schudde hem door elkaar. Ik smeekte hem wakker te worden. Abel was koud, ijskoud, als het water in de rivier. Hij wordt niet wakker, zei Kaïn. Hij zei dat er geen geluid meer in hem zat. Hij schreeuwde dat hij hem had doodgemaakt. En hij heeft hem doodgemaakt', steunde Luluwa, in snikken uitbarstend, 'hij heeft hem doodgemaakt. Het is waar. Ik heb het gezien. Hij is dood. Hij beweegt niet. Hij praat niet. Hij kijkt strak. Hij is koud. Kaïn heeft hem doodgemaakt. Kaïn heeft hem doodgemaakt! Arme Kaïn. Wat zal er van ons worden? Waar is Abel? Waar is de dood? Wat moeten wij doen dat hij terugkomt?'

Geen van hen was nog doodgegaan, dacht Eva. Zij konden niet sterven, dacht Adam.

Eva dacht aan de Slang: het was niet gemakkelijk om te sterven, had zij gezegd. Elokim zou niet toestaan dat dit gebeurde, zei Adam bij zichzelf. Eva en hij hadden zich langgeleden van de bergtop gestort in de waan dat zij zouden sterven, alleen om zonder een schram in de rivier te ontwaken.

'Kom, Luluwa, breng ons naar je broers.'

Hoofdstuk 29

Met zijn vieren renden zij zonder te stoppen door het herfstlandschap.

Het werd donker. Aan de hemel brandden de wolken in het rossige licht van de avondschemering, de donkere, vijandige aarde gaf hun het geluid van hun ritmisch op de bodem vallende voetstappen terug.

Een meute. Een ontstelde meute. De vogels vlogen op wanneer zij voorbijkwamen. De dieren roken hun ongerustheid. Niet één kwam dichterbij.

Hij is dood, Luluwa, ik heb hem doodgemaakt. Zij wilde de woorden uitwissen, maar zij bleven klinken, als haar hielen op het pad, de een na de ander. Was het waar? En als Kaïn Abel had gedood? Zij konden allemaal doden. Ook zij. De vissen gingen dood in haar manden. Hun staarten sloegen tegen de binnenkant wanneer zij uit het water waren.

Maar een ander als zij doden? Hoe kon het dat Kaïn zijn kracht niet kende? Luluwa had gezegd dat Kaïn hem met een steen had geslagen. Zo sloeg Adam konijnen dood.

Hij had haar verteld dat hij zo de berin had doodgeslagen die zijn hond had verscheurd. Wat had Adam gedaan, wat had zij gedaan, toen zij voor het eerst een schepsel hadden gedood? Welke krachten hadden zij ontketend om te overleven, om te eten? En waarom had Elokim het zo beschikt?

Zou hij wel weten wat hij deed? Of deed hij alles met de zorgeloosheid waarmee hij de hemel verfde, de bloemen en de vleugels van de vogels kleurde? Dacht hij wel? Als hij niet leefde zoals zij, hoe kon hij dan over hun levens beschikken, over wat er al of niet mocht zijn?

Luluwa wees naar de heuvel. Zij gingen omhoog. Aklia kreunde, wankelde. Eva zag hoe zij op haar handen steunde om sneller
vooruit te komen.

'Pas op voor je handen, Aklia.'

Zij keek haar met haar zachte ogen aan. Zij zei niets, maakte
alleen een hoog, droevig geluid.

Adam zag Abels lichaam languit op de grond liggen. Hij had
te veel dieren gedood om de tekens niet te herkennen. Maar hij
rende naar hem toe om hem aan te raken. Hij was de eerste die
zijn hoofd in Abels borst begroef. Zijn jammerklacht was schor,
ontzaglijk. De lucht was vervuld van zijn weeklacht. Het was de
kreet van een verslagene, de erkenning van een nederlaag.

Eva kwam langzaam naderbij. Haar benen trilden. Zij herinnerde zich het gevoel van Abel in haar lichaam. Het huidsmeer
en het bloed op het lichaampje. Haar ogen bleven steken bij
de voetzolen van de jongen. Ze waren gelooid. Ze waren glad,
groot. De tenen. De voetjes van haar kinderen. Daarover had
zij zich het meest verwonderd toen zij net geboren waren. De
voeten en de oortjes, de als een slakkenhuisje gebogen oorlel-
letjes. Zij kwam nog dichterbij. Zij zag zijn starende ogen, boog
zich over hem heen en raakte zijn oogleden aan om ze te sluiten.
Zij deed het zonder erbij na te denken. De kennis van Goed en
Kwaad.

Abel was mooi. Hij sliep. Haar hand gleed over zijn voorhoofd. Koud, zijn huid. Verdriet trok langzaam door haar lichaam, zoals wanneer het zich met water vulde tot je niet meer
kon ademen. Zij ging bij zijn hoofd zitten. Zij streelde hem. Zij
wilde hem in haar armen nemen, hem tegen haar borst drukken, hem stevig vasthouden. Wat zal hij alleen zijn, dacht zij.
Meer alleen dan zij, die alleen waren.

Adam huilde. Het huilen kwam van een plek die niet in hem
leek te liggen, maar vanuit de aarde zelf. Zij nam Abels hoofd in
haar handen en legde het in haar schoot.

'Help mij, Adam, help mij hem te omarmen, leg hem in mijn armen.'

Adam hielp haar. Zij nam haar zoon op schoot, wiegde hem. Deze pijn zou niet te bewenen zijn, dacht zij, terwijl de tranen over haar wangen stroomden, over haar borsten liepen. Zij drukte Abel tegen zich aan. Waar is je leven, Abel? Waarom beweeg je niet?

Hij was zo zwaar, zo verlaten. Zij raakte zijn schedel aan. De wond op zijn schedel. Hij bloedde niet meer. Haar buik werd leeg. Zij voelde de leegte van haar zoon als een leegmaken van zichzelf. Alleen water stroomde naar binnen. Water dat haar verstikte tot zij de diepe weeklacht kon slaken, zich kon laten gaan in het verdriet dat zij Abel nooit meer levend zou zien. Nooit meer.

Zij zag Aklia op en neer springen. En Luluwa.

'Waar is Kaïn?' vroeg zij. 'Waar is mijn zoon Kaïn?'

'Ik weet het niet', zei Luluwa. 'Ik weet het niet.'

'Zoek hem, Luluwa. Zoek hem om ons te helpen Abel naar de grot te brengen. Wij kunnen hem hier niet achterlaten.'

De avond viel. Adam maakte een vuur. Ieder aan een kant waakten Adam en Eva over hun zoon onder een donkere sterrenhemel.

Aklia was in slaap gevallen.

'Ik herinner mij toen ik mij ervan bewust werd dat ik bestond', zei Adam. 'Ik herinner het mij en ik denk dat het beter was geweest als ik nooit had bestaan.'

'Ik herinner mij toen ik de vrucht van de boom at. Ik had hem niet moeten eten.'

'Abel zou nooit gestorven zijn. Met jou is alles begonnen, Eva.' Hij sloeg zijn ogen op en keek haar met gepijnigde wrok aan.

'Zonder mij had Abel niet bestaan', reageerde zij. 'Wij zouden elkaar niet hebben liefgehad. Met mij is het leven begonnen dat er moest zijn. Ik heb alleen mijn lotsbestemming vervuld.'

'En toen begon de dood.'

'Ik heb leven gegeven, Adam. Jij was degene die met doden is begonnen.'

'Om te overleven.'

'Ik beschuldig je niet, maar op het moment dat wij accepteerden dat het nodig was te doden om te overleven hebben wij toegestaan dat die noodzaak ons bewustzijn overheerste, hebben wij de wreedheid toegelaten. En kijk hoe wreedheid onze levens is binnengedrongen.'

'Het was onvermijdelijk. Even onvermijdelijk als jouw eten van de vrucht.'

'Als Elokim ons niet had gedwongen de tweelingen met elkaar te kruisen, zou dit misschien niet gebeurd zijn.'

'Waartoe heeft hij ons geschapen, Eva? Ik geloof niet dat ik meer kan lijden dan ik geleden heb.'

'De Slang zei dat Elokim ons heeft gemaakt om te zien of onze nakomelingen in staat zouden zijn naar het vertrekpunt terug te keren en het Paradijs te herwinnen.'

'Zijn wij dan niet het begin?'

'Volgens haar waren wij in de Tuin het evenbeeld van wat Elokim aan het eind van zijn schepping wilde zien. Toen wij de vijg opaten, heeft hij de richting van de tijd veranderd. Om nu naar het vertrekpunt terug te keren zullen onze kinderen en de kinderen van onze kinderen, de generaties die na ons zullen komen, opnieuw moeten beginnen, terug moeten gaan. Dat zei zij.'

'En tot waar moeten wij teruggaan?'

'Ik weet het niet, Adam. Ik denk dat wij als kudde zullen eindigen. Misschien zit de toekomst in Aklia. Misschien vind je haar daarom vreemd. Misschien is zij het verleden dat wij niet hebben gekend.'

'Zo onschuldig, Aklia.'

'En wezenlijk.'

'Maar zij zou ook doden.'

'Kaïn heeft gedood.'

179

Eva zweeg.

'Met die zoon heb ik evenveel medelijden als met deze', zei zij ten slotte.

'Heb je niet het gevoel dat we hem moesten straffen?'

'Hem straffen? Ik verzeker je dat geen enkele straf die wij hem opleggen zo hard zal zijn als de straf die hij zelf alleen zal ondergaan. Hij zal met Luluwa weggaan. Ik voel het. Ik denk dat zij, net als jij en ik, al ongehoorzaam zijn geweest.

Hoofdstuk 30

De dag brak aan toen Luluwa met Kaïn terugkwam. Hij ging voor Adam en Eva op zijn knieën zitten.

'Ik heb Abel nooit willen doden', steunde hij. 'Ik ken het gewicht van mijn hand niet.'

'Sta op', zei Eva.

Kaïn ging staan. Eva zag de diepe, vuurrode cirkel op zijn voorhoofd. Vuurrood. In zijn vlees gebrand.

'Wie heeft je getekend?' vroeg Adam.

'Elokim.'

'Hoe? Zeg het ons', vroeg Eva.

'Abel zei dat hij een goede vader voor de kinderen van Luluwa zou zijn, dat ik gelukkig zou zijn met Aklia', snikte hij. 'Ik zei tegen hem dat Luluwa en ik één en hetzelfde waren, dat wij niet zonder de ander konden bestaan. Maar hij zei dat het de wil van Elokim was dat hij zich met Luluwa voortplantte. Ik sloeg hem. Ik wist niet dat mijn slagen hem zouden doden. Ik verborg mij. Toen hoorde ik Elokims stem. Hij vroeg mij naar Abel. Hij vroeg mij naar Abel! Hij die alles weet! Ik werd kwaad', huilde hij. 'Ben ik soms mijn broeders hoeder? antwoordde ik hem. Hij zei dat de roep van het bloed van mijn broer tot hem was gekomen. En hij vervloekte mij! De aarde zal mij geen vrucht geven, verordende hij. Ik zal in een voortvluchtige veranderen, die over de wereld zal zwerven. Ik smeekte hem, ik knielde neer. Een dergelijke straf zal ik niet kunnen verdragen, zei ik. De dieren zullen mij doden, zij die na mij komen zullen mij doden. Toen heeft hij een teken op mijn voorhoofd gezet. Zij zullen het brandmerk zien en zullen je niet doden, zei hij. Als zij dat deden, zou zijn wraak zeven maal zeven keer op hen neerkomen.'

Kaïn wilde zich in Adams armen werpen. Hij huilde. Adam duwde hem terug. Eva nam hem in haar armen, maar haar hart kon hem niet omhelzen. Kaïn maakte zich los.

Luluwa wierp zich op de grond en sloeg met haar voorhoofd tegen de aarde. Zij dacht aan Abel, aan Kaïns lichaam, dat zij nog maar enkele dagen geleden zo diep in haar lichaam had gevoeld, zij dacht aan hoe zij hem liefhad, aan de eenzaamheid die hen zou begeleiden en waarin zij zouden moeten leven. Zij weeklaagde met het geluid van een huilende wind, alsof een onweer bezit van haar had genomen en de bliksemschichten en donderslagen haar verscheurden.

Met zijn allen droegen zij het lijk van Adam naar de oude grot, waar hij geboren was.

Eva waste het bloed van zijn gezicht. Zij herinnerde zich de eerste keer dat zij hem in de bron had gewassen, hoe zacht en beweeglijk en warm hij was, nog maar net uit haar buik gekomen, en hoe koud hij nu was. Zij liet de lucht uit haar longen ontsnappen. Zij hoorde zichzelf als een wolvin huilen. De pijn bleef ongerept, als een verse, door niets te genezen wond.

Adam brandde aromatische hars bij zijn zoon. Zij overwogen het lichaam op een brandstapel te verbranden, zodat de rook naar Elokim zou opstijgen. Waar was je, Elokim, toen mijn zonen elkaar doodden? klaagde Adam in stilte. Luluwa smeekte dat zij hem in de aarde zouden leggen. Nu Abel geen kinderen had gekregen, zou zijn lichaam ten minste bos worden en de vruchten zoet maken. Adam stelde zich de glimlach van zijn zoon tussen de bladeren van een boom voor. Stof ben je en tot stof zul je wederkeren. Vruchtbaar stof.

Drie keer moesten zij Abel begraven. De aarde, die nog nooit de dood van een menselijk wezen had gekend, gaf zijn resten tot twee keer toe terug. Zij maakten de groeve dicht en deze opende zich weer.

Pas bij de derde keer, toen Adam en Eva knielden en de aarde vroegen hem te ontvangen, sloot zij zich boven Abels lichaam en nam zij het voor altijd onder haar hoede.

Hoofdstuk 31

Kaïn moest naar het land Nod gaan. Hij zei dat Elokim hem dat had opgedragen.

Adam wilde niet wachten om hem te zien vertrekken. Hij ging in zijn eentje terug naar de grot zonder herinneringen. Hij had alleen nog dochters, zei hij. Zijn twee zonen waren dood. Eva verweet hem zijn hardheid. Om de dood van zijn hond te wreken had hij met zijn eigen handen een berin gedood, die haar jong verdedigde. Hij kende de redeloze woede van het verlies van een geliefd wezen.

'Ik hoop dat de tijd zonder wreedheid komt, waarvan jij droomt, Eva.'

'Vergeef Kaïn.'

Adam gaf niet toe. Eva herinnerde zich dat zij hem eens had gevraagd of Elokim hem van de scherpe bergkam had gevormd.

Eva bleef bij haar kinderen in de grot met de tekeningen.

Kaïn en Luluwa wisselden bijna geen woord. Zij maakten de stenen om de grond mee te bewerken, de zaden en lichaamsbedekking gereed die zij naar het gebied ten oosten van het Paradijs zouden meenemen. Kaïn had de streek op een van zijn omzwervingen leren kennen, zei hij. Ook al zou niets van wat zijn handen zaaiden vrucht geven, dan nog zou Luluwa geen honger of dorst lijden.

Aklia sprak niet meer sinds Abels dood. Teruggetrokken in de holte van een rots in de donkere achterkant van de grot gaf zij geen gehoor aan Eva's roepen. Wanneer deze dichterbij kwam, richtte zij haar zachte, angstige ogen op haar. Zij leek niet alleen de spraak vergeten te zijn, maar ook de rede en het bewustzijn om zich zonder bedenkingen aan een bestaan als aap over te geven. Eva waakte over haar. Zij sliep nauwelijks, uit vrees dat zij met een troep apen mee zou gaan, die 's nachts in de buurt van de grot rondtrok.

's Morgens zag zij hoe Kaïn en Luluwa zich in de bron wasten voordat zij naar de onzekerheid van hun zwervend leven wegtrokken. Zij zag Kaïns handen en voelde haar hand opnieuw Abels diepe hoofdwond aanraken. Zij bleef van hem houden, maar wenste hem gebrek toe dat hem tot nederigheid en schaamte zou dwingen. Zij bezat de verschrikkelijke kennis van de structuur van haar zoon, kende het precieze ogenblik waarop zijn takken en zijn dorstige, nooit bevloeide wortels zich hadden verstrengeld. Zij begreep de oorsprong, maar het geweld zelf kon zij niet begrijpen. Dat geweld vooral. Het geweld dat in staat was een broer te doden.

Luluwa nam snikkend afscheid van Aklia, die haar bekeek en haar armen omhoogstak, niet om haar te omhelzen, maar om haar eigen hoofd aan te raken, terwijl zij met haar glanzende ogen zonder tranen naar haar keek. Toen zij van Eva afscheid nam, huilde zij niet. Zij was trots en wilde geen zwakheid tonen. Zij verschool zich achter haar schoonheid, maar bovenal hield zij van Kaïn en zij wilde tegenover haar moeder geen wrijving tussen hen tweeën laten zien.

Eva zag de wazige gestalten van haar kinderen kleiner worden terwijl zij de vlakte overstaken en miste Adam. Zij had gehoopt dat hij zou komen.

Het verdriet maakte dat zij onbeweeglijk bleef staan. Geleidelijk verloren haar ogen hun starre blik en richtte zij ze naar de grot met de tekeningen op de wanden. Zij dacht aan de sporen die al die figuren vóór hun bestaan op de rotswand in de schors van haar hart hadden gegrift. Elk grof of vloeiend symbool riep in haar op wat zij uit haar verleden wilde koesteren en tegen de vergetelheid beschermen. Want na Abels dood was haar hele wezen open en onbeschermd. Eva overzag zonder zelfbedrog of bedenksels haar buitengewone bestaan. Zij zag in dat Adam en zij, ondanks de verjaging, meer dan alleen herinneringen aan het Paradijs bewaarden; het bleef hen begeleiden, zweefde boven hun levens. Zij waren het nooit kwijtgeraakt. Zij zouden het niet kwijtraken zolang zijn onuitwisbaar spoor op hun innerlijk getekend bleef staan.

De Slang verscheen nog eens.

Voordat zij naar Adam terugkeerde nam Eva Aklia mee om de zee te leren kennen.

In een paar dagen was er weer haar op de wangen van haar dochter gekomen. De huid van haar handen en lange voeten was harder geworden en had een bruine tint gekregen. Zij leek te hebben besloten door de nacht bewoond te worden. Zij liep gedwee en onbeholpen aan haar hand, van woorden ontdaan. Onderweg liet zij soms haar hand los en rende zij een stukje met behulp van haar armen. De zee verblufte haar. Opgetogen sprong zij op het zand heen en weer en bedekte haar ogen met haar armen tegen de schittering. Eva liet haar dartelen en stuurde haar weg om zeeslakken en schelpen te zoeken.

Zij ging op de rots zitten waarop zij had gedroomd dat zij een in veren geklede vrouw had gezien, wier gezicht dat van haar bleek te zijn. Zij hoorde de stem van de Slang nog voor zij haar zag.

'Kijk die kleine Aklia. Het verleden en de toekomst rennen met haar over het strand.'

'Wat bedoel je?'

'Zij is naar de onschuld teruggekeerd, Eva, een onschuld voorafgaand aan het Paradijs, een voorbode van het Paradijs. De Geschiedenis is nu van jou op haar overgesprongen en een lange, trage tijd staat te beginnen.'

'Ik weet niet of ik je moet geloven. Waarom Aklia? Waarom niet Kaïn en Luluwa? Waarom niet Adam en ik?'

'Wij hebben allen voldaan aan waar wij voor bestemd waren, Eva. Zoals jij op de wanden van de grot de codes van je verleden hebt getekend, zo heeft Elokim in ons de symbolen getekend waarmee de mensheid zichzelf zal begrijpen.'

'En Aklia?'

'Aklia is de werkelijkheid van Elokim. Wij zijn zijn dromen.'

'Je hebt gezegd dat het einde in het begin is.'

'Het einde van de nakomelingen van Aklia zal de aankomst bij het begin zijn. Het herkennen als de blijvende herinnering, die zij door het maken en vernietigen van de Geschiedenis hebben willen vinden.'

'Keren zij terug naar het Paradijs? En dan? Zullen zij zich afvragen wat er verderop is? Zullen zij zich vervelen?'

'Misschien niet. Zij zullen niet aan de blindheid van de onschuld, aan de zucht naar weten van de onwetendheid lijden. Zij zullen niet in verboden vruchten hoeven bijten om Goed en Kwaad te kennen. Zij zullen het met zich meedragen. Zij zullen weten dat het enige Paradijs, waar het bestaan echt is, het oord is waar zij vrijheid en kennis hebben.'

'Denk je dat zij ooit werkelijk vrij zullen kunnen zijn? Denk je dat Elokim het hun zal toestaan?'

'Het bestaan is een spel van Elokim. Als jouw soort harmonie vindt, gaat Elokim weg. Ik denk dat hij heimelijk wenst dat hem de gave van de vergetelheid wordt verleend en dat hij van de eenzaamheid van zijn macht bevrijd wordt. Zo zal hij kunnen weggaan om andere universums te bouwen.'

'Ga jij met hem mee?'

'Ik zal gaan als jouw soort erin slaagt de tekens te verstaan. Ik zal gaan als hij en ik uiteindelijk niet het slachtoffer worden van onze eigen scheppingen.'

Eva keek bedroefd naar de Slang. Terwijl zij keek raakte haar schubbenvel vol witte veren en werd haar platte gezicht spits. In enkele seconden was zij overdekt met een zacht, glanzend verenkleed. Opnieuw zag Eva, als in haar vroegere droom, haar eigen gezicht in het schepsel weerspiegeld, ogenblikken voordat het voor altijd oploste.

Zij riep Aklia. Zij nam haar bij de hand en ondernam de terugweg naar de grot.

De salpetergeur bleef achter. Zij gingen over de lage heuvels. De nacht brachten zij in elkaars armen onder een paar rotsen door. Bij het aanbreken van de dag daalden zij af naar de beboste laagte, waar Eva langgeleden was verdwaald. Het herfstgoud verlichtte de eiken en het gebladerte. Eva hield Aklia's hand stevig vast. Aklia keek onrustig omhoog naar de kronen van de bomen. Zij maakte sprongetjes, krabde op haar hoofd.

Eva zag de troep grote, levendige, zich sierlijk door de takken bewegende apen aankomen.

Zij voelde hun vochtige ogen. Wat had zij veel verloren, dacht zij.

Aklia maakte zich van haar los. Voordat zij haar liet gaan boog zij zich naar haar toe en drukte haar stevig tegen zich aan. Herinner je mij, Aklia, herinner je alles wat je hebt geleefd. Op een dag zul je weer spreken. Ga nu. Ga, kind, ga en vind het Paradijs terug!

Alleen vervolgde Eva haar weg. Een zachte motregen begon op de wereld neer te dalen.

En toen kwam de regen.

Managua-La Finca-Santa Monica, 2007

Gioconda Belli bij De Geus

Kroniek van liefde en oorlog
Gioconda Belli komt op haar twintigste in contact met de sandinistische verzetsstrijders van Daniel Ortega. Ze sluit zich aan bij het FSLN, de partij van de sandinisten. Vijf jaar lang doet ze werk voor het verzet in Nicaragua, maar in 1975 moet Belli vluchten naar het buitenland. Tijdens haar ballingschap verblijft ze in Costa Rica en Mexico. Bij verstek wordt ze door het regime van dictator Somoza veroordeeld tot zeven jaar gevangenisstraf.

Vlak voor de overwinning van de sandinisten in 1979 keert Belli terug naar Nicaragua. Nu wordt de strijd voortgezet tegen de Contra's. In 1990 worden de verkiezingen verloren en is er weinig meer over van alle revolutionaire beginselen.

Gioconda Belli trouwt met haar grote liefde, de Amerikaanse journalist Charles Casteldi, en verhuist naar Washington. Tegenwoordig woont Gioconda Belli met haar man, drie kinderen en een geadopteerd kind in Santa Monica.

Wat op iedere pagina van *Kroniek van liefde en oorlog* doorklinkt, is Belli's strijdlust, moed, en haar onuitputtelijke drang naar vrijheid en onafhankelijkheid, ook in haar privéleven.

De bewoonde vrouw
Als de architecte Lavinia betrokken raakt bij de guerrillabeweging in een Latijns-Amerikaans land, komt ze langzaam maar zeker tot het besef dat een uitbarsting van geweld onvermijdelijk is. Lavinia's verhaal is verweven met dat van Itzá, een indiaanse die ten tijde van de Conquista tegen de Spanjaarden streed.

De verdediging van de liefde
Gioconda Belli raakt op jonge leeftijd betrokken bij het georganiseerde verzet tegen dictator Somoza in Nicaragua. Haar activiteiten blijven niet onopgemerkt, en Belli, die inmiddels in het buitenland in ballingschap leeft, wordt door het regime bij verstek veroordeeld. Als strijdende vrouw

in een machowereld ontmoet Belli grote mannen, onder wie Castro, García Márquez en generaal Giap. Ook verschenen als *Kroniek van liefde en oorlog*.

De schepping van de vlinders

In dit sprookje voor kinderen én volwassenen droomt Arno, de kleinzoon van de man die de regenboog bedacht, over iets wat kan vliegen als een vogel en even mooi is als een bloem. Na veel tegenslagen krijgt Arno een fantastisch idee. Met illustraties van Wolf Erlbruch.

Waslala

De Amerikaanse journalist Raphael reist met smokkelaars mee naar het fictieve land Faguas. Daar leert hij Melisandra kennen, een jonge vrouw met wie hij naar de legendarische stad Waslala afreist. Hij maakt er kennis met een mythe die de dromen en verlangens van een heel volk levend houdt.

Het geheim van de verleiding

De zeventienjarige Lucía leidt een eentonig leven achter de muren van een streng klooster in Madrid waar ze sinds haar dertiende woont. Totdat ze de jonge historicus Manuel ontmoet. Hij doet onderzoek voor een proef-schrift over Johanna de Waanzinnige, de tragische koningin van Castilië. Johanna werd in de zestiende eeuw voor gek verklaard en opgesloten in een kasteel in het Spaanse Tordesillas. Zij bleef daar gevangen tot aan haar dood. Manuel is getroffen door de gelijkenis tussen Lucía en Johanna. Om door te dringen in de gedachtewereld van Johanna, steekt hij Lucía in de kleren uit Johanna's tijd. Tussen het meisje en de historicus ontstaat een liefdesrelatie. Een relatie die steeds vreemdere vormen aanneemt.

Op een prachtige manier verbindt Gioconda Belli de geschiedenis van Johanna de Waanzinnige met het heden. Door het psychologi-sche spelletje van Manuel duikt Lucía onder in het fascinerende leven van Johanna. Zal zij op dezelfde manier eindigen als Johanna?